Friedrich Müller

Fausts Leben

Herausgegeben von Bernhard Seuffert

CLASSIC PAGES

Müller, Friedrich & Seuffert Bernhard (Hg.)

Fausts Leben

Reihe: *classic pages*

ISBN: 978-3-86741-473-9

Auflage: 1
Erscheinungsjahr: 2010
Erscheinungsort: Bremen, Deutschland

© Europäischer Hochschulverlag GmbH & Co KG, Fahrenheitstr. 1, 28359 Bremen (www.eh-verlag.de). Alle Rechte beim Verlag und bei den jeweiligen Lizenzgebern.

Bei diesem Titel handelt es sich um den Nachdruck eines historischen, lange vergriffenen Buches aus dem Verlag Schwan, Mannheim (1778). Da elektronische Druckvorlagen für diese Titel nicht existieren, musste auf alte Vorlagen zurückgegriffen werden. Hieraus zwangsläufig resultierende Qualitätsverluste bitten wir zu entschuldigen.

Fausts Leben

Der Vergleich zwischen der Litteratur des Zeitalters der Reformation und der Genieperiode ist oft gezogen worden. Los löst sich der Geist des aufstrebenden Geschlechtes von den Fesseln der Autorität. Ohne Achtung der Person höhnt die heissblütige Satire alles Bestehende. Neu erwacht die Teilnahme an der Gegenwart. Aber wie beengt und schal ist das Leben! Darum auf! zerreisst jedes Band, überspringt jede Grenze! Denn unbedingte Freiheit heischt die Individualität zur Entfaltung ihrer Grösse. Hoch ist das Ziel gesteckt, tollkühn ist das Wagen darnach. Kaum die Natur, zu deren Fahne die überstürzende Jugend schwört, vermag die Heiligkeit ihrer Gesetze zu schützen. Mit unwiderstehbarer Gewalt durchbricht die eingedämmte Idealität die Schranke; zu niedrig ist ihr die Wirklichkeit, zu klein das irdische Vermögen. Welche Gelehrsamkeit könnte dem Gedankenfluge des Jünglings genügen? Und wie sollte er geduldig auf die Erfüllung alles Höchsten, welches der Glaube verheisst, harren? Der Teufel verspricht sofortige Gewähr; topp! die Hand schlägt ein. Auch der Untergang wäre kein zu teurer Preis, wenn damit das verzweifelnde Sehnen wirklich gestillt werden kann. So schuf das 16. Jahrhundert seinen Faust; von der Theologie beherrscht verstösst es seine grösste Schöpfung in die Hölle. So erkor die zweite Hälfte des 18. Säkulum sich die nie ganz vergessene Gestalt zu ihrem Liebling und aufgeklärt führt sie ihn zum Himmel. Wiederum titanisch war die Zeit geworden; Goethe dichtete seinen Prometheus, Müller verherrlichte die Niobe.

Noch lebte die Faustsage im Theater einzelner Truppen und auf der Puppenbühne. Der äussere Mechanismus des wunderbaren Bündnisses zwischen Mensch und Teufel befriedigte auch die verwöhnteste Schaulust. Aber das Verständnis des geistigen Gehaltes war verloren. Wol in nichts mehr zeigte sich eine Ahnung der tiefen Bedeutung als in dem anregenden Schauder über die höllische Verblendung. So wirkte das Stück auf den Knaben Friedrich Müller; es hat, schreibt er, 'in meiner Jugend mich oft froh und schauerlich gemacht — mich bald erschreckt und entzückt.' Kühler aber doch auch gefesselt betrachtete gleichzeitig mit dem Kinde ein reiferer Jüngling den Helden; Lessings Blick blieb an dem Spiele, das er 1753 auf der Schuchischen Bühne und vielleicht schon früher sah, haften. Zwei Jahre später begann er eine neue Schöpfung des Faust. Ueber ein Jahrzehnt bewahrte der Plan seine Anziehungskraft für den Denker; zu dem volksmässigen gesellte sich der Entwurf eines bürgerlichen Dramas. Aus den wenigen Bruchstücken wird so viel gewiss, dass Faust, der nach der Wahrheit der Aufklärung forscht, gerettet werden sollte. Doch nicht Müller noch Goethe konnten aus dem einzigen Fragmente, das Lessing in den Literaturbriefen veröffentlichte, Begeisterung für ihren Faust schöpfen. Die Flamme des Titanismus, aus welcher Faust ursprünglich entstanden war, loderte erst in der jungen Generation hell auf.

Als Kindermärchen befing Faust sich in Müllers Jugendphantasie.*) Er wuchs, berichtet er, 'mit ihm ins stärkere Leben, fest gehalten vom Herzen wie ein Fels, den die Klaue der Eiche packt.' Am Gymnasium seines Geburtsortes Kreuznach war Faust Rektor gewesen: um so lebendiger war dort die Überlieferung.

---

*) Vgl. meine Schrift über 'Maler Müller', Berlin 1877 (in 2. Ausgabe 1881) S. 176 ff. u. ö. Die ausführlichere, mit den Belegen versehene Darstellung daselbst und diese Vorbemerkung ergänzen sich gegenseitig.

Müller fühlte die Entwürdigung des grossen Mannes im Volksschauspiel und den Lieblingshelden verteidigend wurde er unwillkürlich sein Dichter. Wie er ihn fasste, lehren die begeisterten Worte, die er dem ersten Teile vorausgeschickt hat, Worte, die das entschiedenste Manifest der Sturm- und Drangperiode sind. 'Was Wunder', ruft er aus, 'wenn der starke grosse Kerl sein Recht nimmt, und wenn auch sein Mut ihn über die Welt hinaus treibt, ein Wesen zu suchen, das ihm ganz genügt.' An seinem Faust möge man lernen, 'dass der Mensch mehr begehrt, als Gott und Teufel geben kann.' An Shakespeare wendet sich der Dichter des Faust. Auch Lessing war durch die englische Art des Volksspieles angezogen worden, und von dem leuchtenden Vorbild der Geniedramatiker geleitet hat Goethe die Anfänge seines Faust entworfen. Trotzdem ist nicht irgend ein Grund da, Müllers Versicherung, er habe erst nach der Feststellung seines Planes erfahren, dass auch jene beiden einen Faust arbeiteten, zu misstrauen. Dass die Geliebte eines Studenten bei Müller Gretchen heisst, ist gewiss Zufall oder Nachwirkung des Puppenspieles, worin eine Nachtwächtersfrau Gretel agiert; warum sollte Müller nichts von der Sache, wol aber den Namen entlehnen, wenn er wirklich — etwa durch Wagner — von der Gretchentragödie gehört hatte?

Zuerst im Jahre 1776 trat Müller mit einem Bruchstücke hervor. Er war jetzt 27 Jahre alt und stand in der Blüte seines Schaffens. Als naturalistischer Idyllendichter hatte er verdiente Anerkennung gefunden. In Liedern, Oden und Balladen hatte er dichterische Phantasie gezeigt. Nun veröffentlichte er eine prosaische Scene und eine dramatische Ballade 'Genovefa', Vorarbeiten zu seinem bedeutendsten 1781 vollendeten Schauspiele 'Golo und Genovefa'. Auch hier wie beim Faust gestaltete er zuerst die Höhepunkte der Entwicklung. Mehrere dramatische Entwürfe aus dieser Zeit zeigen ihn als Verehrer Shakespeares und des 'gotischen Stiles'. Shakespeares

Geisterwelt half ihm die Hölle im Faust zeichnen. In Velledas Zauberhöhle lässt der Dichter, der auch als Barde mit den Göttingern singt, seine Teufel sich treffen. Am Felsen klebt Blut: man sieht den Jünger Ossians (S. 10) die Scenerie ausmalen. Diese 'Situation aus Fausts Leben' (35 SS. kl. 8^0) schloss sich eng an die Traditionen des Puppenspieles an: einer Versammlung von Teufeln berichtet Mephistopheles über Faust; dieser weilt mit dem Hanswurst Fritzel am spanischen Hofe als Zauberkünstler geehrt; aus seiner Liebesraserei für die Königin (vgl. Creizenach, Versuch einer Geschichte des Volksschauspiels vom Doctor Faust. Halle 1878. S. 156) ruft ihn Mephistopheles' Verkündigung der zwölften Stunde auf. 'Eine Welt von Pöbelseelen wiegt so eine einzige nicht auf, geschaffen, aus Myriaden ausgewählt, Seraph oder Teufel zu werden —' so schildert Mephistopheles seinen Herrn, dem er sklavisch unterthan im Schweisse dient. Und Faust selbst ist sich 'mehr als ein König'; 'wer bläst seinen Athem höher als er?' Doch geistige Bestrebungen beseelen den Helden nicht; nur die Leidenschaft für die Geliebte und seine irdische Macht beglückt ihn. Bedürfnis nach äusserem Glanz seines Auftretens heisst ihn den Bund mit der Hölle gegen seine bessere Einsicht erneuern.

Die zwei Scenen wirbelten Staub genug auf. Die Stoffwahl erregte Erstaunen zumal in dieser Behandlung. Schubart fragt in seiner 'Deutschen Chronik', dem geistvollsten süddeutschen Litteraturblatt, bedenklich, 'ob ein solcher Stoff mit gutem Gewissen bearbeitet werden könne?' Er fürchtet, dass die Teufelsbannerei wieder aufwachen möchte, wenn das Vaterland Geschmack finde an diesen Teufeln, die 'Schaudern und Bewunderung und Schrecken erregen.' Und auch der scharfsichtige Merck tadelt, dass der Vorwurf 'aus dunklen Träumen poetischer Begierde' genommen sei. Allerdings, die Teufel traten breiter hervor als Faust selbst, wie ihnen Müller auch bei der Fortsetzung und noch später in Gemälden seines Pinsels seine Vorliebe bewahrte. Klopstock hatte zwar schon die Lesewelt an Teufel gewöhnt, aber von der 'schauderhaften Grösse seiner gefallenen Engel' hatten Müllers groteske Geister — nicht zu ihrem Schaden — nichts an sich. Müllers an die Überlieferung der Sage sich anlehnende Gestaltung war neu und überraschend. Und doch lagen damals diese 'halb metaphysische Bösewichter, halb gewöhnliche Taugenichts', wie sie Merck krittelnd nannte, gewissermassen im Blute. Sonst hätte nicht ein ganz anders gearteter Schriftsteller unabhängig von Müller in denselben Jahren ähnliche Geisterauftritte geschaffen. Wenigstens berichtet Meissner in der Vorrede zum Schauspiel 'Johann von Schwaben', er habe einige schon vor 1776 verfasste Scenen getilgt, um nicht durch deren grosse Ähnlichkeit mit der Müllerschen Arbeit den Verdacht der Nachahmung auf sich zu ziehen. — Weniger Anstoss als das Geisterreich erregte Fausts Person. Sie fand vor dem milderen Enthusiasten Schubart, wenn auch nicht vor dem strengen Richter in Darmstadt Gnade; gewiss war Mercks Vorwurf, dass der Faust eher entstanden sein sollte als die Situation, worin er gesetzt werde, nur zu sehr gerechtfertigt. Es liess sich aus diesen Scenen mehr ahnen als erkennen, dass der Faust denn doch etwas mehr war als 'ein elender Prahler, der sich bald in Königinnen verliebt und bald mit einer Sentenz im Munde weinend abgeht.' Aber der Recensent ist zusammen mit seinem Freunde Wieland, in dessen 'Teutschem Merkur' die Kritik erschien, zu sehr aufgebracht, dass dem Geiste Shakespeares diese unreife Skizze geweiht war, um den Versuch unbefangen zu beurteilen. Müller ward über die entschiedene Zurechtweisung so ärgerlich, dass er einen poetischen Angriff auf Merck entwarf. Die Farce 'Fausts Spazierfahrt', nach Goethes 'Götter, Helden und Wieland' gebildet, kam jedoch nicht zur Vollendung. Mit dem Faustdrama steht sie in keiner Verbindung. So hat auch Lenz die Faustgestalt zu einer Farce 'Die Höllenrichter' benützt.

Trotz der Ablehnung in der Kritik — es liegen noch eine Reihe von Urteilen vor — wurde schon im Jahre 1777 eine neue Auflage der 'Situation aus Fausts Leben' notwendig. Ausstattung und Text gleichen, einige kleine Willküren des Setzers abgerechnet, genau der ersten Ausgabe.

Als in den ersten Monaten des gleichen Jahres Lessing mehrere Wochen in Mannheim, wo Müller seit zwei Jahren als Maler lebte, mit dem Dichter der 'Situation' nahe verkehrte, wurde begreiflicherweise über Faust gesprochen. Damals schwebte Müller schon die Idee der ganzen Tragödie vor. So war eine massgebende Beeinflussung durch Lessings Plan ausgeschlossen. Mit dem Puppenspiele haben beide gemein, dass die Teufelsversammlung in der Ruine einer gotischen Kirche zur Mitternachtsstunde stattfindet. Ihre Teufel verbrennen Städte, zerschellen Schiffe, reizen zu Mord auf. Beide citieren sieben Geister (Müller gibt Mephistopheles als ihren Herrn bei): Lessing variiert nur die überlieferte Schnelligkeitsfrage; auch von Müllers Geistern ist der eine so schnell wie ein Lichtstrahl — Lessings vierter Geist — der andere wie die Sünde, was an Lessings Vergleich mit dem Übergang vom Guten zum Bösen mahnt. Von den andern Teufeln Müllers erinnern zwei an die dem Puppenspiel geläufigen Vertreter von Todsünden, er weiss aber die übrigen dann nicht mehr charakteristisch zu unterscheiden. Phantastisch gross stattet er sie aus, recht im Gegensatz zu Lessings an Spitzfindigkeit streifende moralische Auffassung. Auch in der Faustidee sind beide Dichter weit verschieden. Nicht wie bei Lessing Wissensdurst ist es, was Müllers Faust in den Bund mit der Hölle treibt; sein Faust strebt nach einer ziemlich unbestimmten Allmacht. Auch beabsichtigt Müller nicht die Lösung eines sittlich-geistigen Konfliktes; das bezeugt der Bericht, den er von seinem Gedankenaustausch mit Lessing gibt. Lessing riet zu einer Änderung des Schlusses der 'Situation';

nach der vertragsmässigen Warnung des Faust am
Ende der ersten Hälfte des paktierten Zeitraumes
lasse es sich nicht wol denken, wie Faust auf der Bahn
des Schlechten weiter fortschreiten wolle. Müller solle,
die Parabel vom verlorenen Sohn paraphrasierend, Faust
durch Reue und Busse zur Rettung zurückführen. Diesem
Vorschlage entgegen enthüllte Müller seine Idee des Fort-
ganges und Schlusses. Lessing soll beifällig lächelnd ge-
antwortet haben: 'Sie haben den Eimer recht bei der
Handhabe gefasst, die einzige Weise dies, wie man diesem
gehaltreichen, doch fürchterlich drolligen Ding einen
schicklichen Schweif angewinnen und aus seinem Zeitalter
in das unserige bequem übertragen mag. Mich freut es,
fuhr er fort, dass Sie den Gegenstand populär mehr mit
Ironie als ernstlich behandeln; wer heutzutag, wo die
Teufel schon so viel von ihrem Kredit eingebüsset, diesen
Stoff für eine Vorstellung nach Wahrscheinlichkeit auf-
fassen wollte, um, wie Dante in seiner göttlichen Komödie
oder Klopstock in seiner Messiade, ernstliche Überzeugung und Glauben an die Sache selbst zu erwecken,
würde immer einen Missgriff wagen und seinen Zweck
verfehlen.' Eine solch tragische Wendung lag durchaus
nicht in Müllers Absicht.

In der That behandelt das zweite Faustfragment,
das Müller veröffentlicht, die Teufel ziemlich burlesk.
Von dem für die Dramen dieser Litteraturepoche üblichen
und daher auch hier überwiegenden Prosatexte heben sich
stark die kurzen gereimten Verse ab, in denen wiederholt
die höllischen Geister (nach dem Vorbild eines Puppenspieles?) sprechen. Konnte und sollte der musikalische
Vortrag diesen Partieen, die neben der Serenade Kölbels
unter den Intermezzi verstanden werden müssen, welche
komponiert werden sollten (Gothaische gelehrte Zeitungen
1778. Stück 24), einen mehr dämonischen Charakter
verleihen? Erhaben gefasst ist nur Mephistopheles;
ein schwächerer Abadonna fühlt er sein Schicksal und
beklagt, dass er Faust verderben muss. Auch die Ver-

setzung des Spieles in die Gegenwart tritt in dem Stücke, das als 'Fausts Leben Erster Theil' 1778 (163 SS. 8⁰) erschienen ist, deutlich zu Tage. Die Teufel werden zu Trägern der Satire, die zum Teil dieselben Misstände trifft, welche Müllers Idylle 'Das Nusskernen' berührt. Mancher Stich ist heute noch empfindlich; andere gelten nur den Zuständen der damaligen Pfalz. Beidemale wird auch die Dichtung der Genies beurteilt. Es ist sehr bezeichnend, dass Müller auf der Erde, wo alle seine Geister ihren Berufskreis angewiesen haben (vgl. Creizenach a. a. O. S. 50 f.), auch einen Litteratur- und Malteufel walten lässt. Er lebt so ganz in seinem Stoffe, dass er Vertreter der beiden Künste, die sein Lebensziel waren — er selbst hat sich den Schriftstellernamen der Maler Müller beigelegt — im Bereiche seiner Darstellung nicht missen will. Während er eine Kritik der herrschenden Malkunst für ein Malerdrama (S. 22 Z. 5 f.) aufspart, das freilich nie ans Licht kam, lässt er seinen Litteraturteufel Atoti ebenso wie über das litterarische Kliquenwesen und die anonymen Schlucker über die Dichter höhnen, welche 'Strohhalmen in den Armen führen, mit denen sie gewaltig durch die Strassen schwingen, immer schreiend von Kraft und Stärke, Sturm und Drang; die schmähen über Pedanterei und Schulgelehrsamkeit, alles schinden und zusammenhauen wollen, was ihnen in Weg kommt, zu beweisen dass auch Schwung in ihren Armen sitzt'. Diese Ausfälle, welche durch Vizlipuzlis Gespötte über die Genies ergänzt werden, mögen eine Spur von Lessings Einfluss verraten; denn sie dürfen nicht etwa als verkehrte Meinungen eines dummen Teufels genommen werden, obwol sich Müller selbst darin karikiert. So tief er im Geniewesen stack, er war nicht blind gegen dessen Ausschreitungen, und seine schon jetzt aufkeimende Eitelkeit liess ihn eine bessere Meinung von sich haben; so spricht er aus Eckius (S. 77 Z. 12), er wolle keinen Jupiter über sich, kein braver Kerl dulde das; höchstens könne man einem andern einen Platz auf derselben Stufe einräumen, auf der man stehe; wer gutwillig jemand als einen Gott über sich anerkenne, müsse ein schwacher Hundsfott sein. Dieser Stolz wird begreiflich, wenn man die Klagen Lucifers über das verkommene Menschengeschlecht liest. Dem Sinne nach ruft hier Müller sein 'Pfui über das schlappe Kastraten-Jahrhundert'. Aus solch niedrigem 'Gewimmel und Getümmel' ragt Faust-Müller weit hervor.

Das Zwiegespräch mit Lessing hat die Auffassung des Helden vertieft. Müller stellt sich jetzt freier zur Überlieferung als in der 'Situation'. Doch wird ersichtlich, dass er jetzt ausser der Puppenspieltradition auch das Volksbuch — als eines der ersten Handbücher des Volkes ist es in die Bibliothek der Romane 1778 aufgenommen — gekannt haben muss. Wenn er dem Faust Ingolstadt, den Eltern Sonnwedel als Wohnort zuweist, so mahnt das an die Widmannsche Faustarbeit. Auch den Gedanken, Faust mit Knellius disputieren zu lassen, mag das Volksbuch angeregt haben. Neben dem Namen des Freundes Eckius in Ingolstadt ist dies der einzige Punkt, in dem die Dichtung das Kostüm der Reformationszeit trägt. Von den theologischen Streitigkeiten Fausts ist nichts bewahrt. Einen inneren, geistigen Grund, der Faust an Mephistopheles' Seite zwingt, gibt Müller auch jetzt nicht an. Faust ist ihm der Typus allgemeinster Grösse. Doch hat er in den gedruckt vorliegenden Teilen keine Gelegenheit und überhaupt wol nicht die Kraft, dieselbe zu bewähren. Mit erstaunlicher Selbsterkenntnis spiegelt Müller sein Talent in Fausts Natur wieder. 'Warum so gränzenlos am Gefühl dies fünfsinnige Wesen, so eingeengt die Kraft des Vollbringens, ruft sein Faust aus. Trägt oft der Abend auf goldenen Wolken meine Phantasie empor, was kann was vermag ich nicht da!... übermann es ganz unter mich in der Seele, und bin doch nur Kind wenn ich körperliche Ausführung beginne'. Er möchte 'nur die Kraft das auszuführen, was er nahe seinem Herzen trägt...

Dass ich mich so hoch droben fühle; und doch nicht sagen soll: bist alles, was du sein kannst.' Ebenso schreibt Müller in der Zueignung seines Faust: 'Das Emporschwingen so hoch als möglich ist — ganz zu sein, was man fühlt, dass man sein könnte — es liegt doch so ganz in der Natur.' Und mit einiger Selbsttäuschung äussert er ebenda: 'Oft ist uns nach langem Streben die Überzeugung schon genug, gewiss durchzudringen, wenn wir jetzt wollten, und ohne hieraus weiteren Nutzen zu ziehen, befriedigen wir uns schon am vollen Gefühl unsers Vermögens.' Wenn er aber die Probe macht, so fehlt ihm so gut wie seinem Faust die Kraft auszuführen, was er so klar zu schauen glaubte. Das lehren die meisten seiner poetischen, seiner malerischen Schöpfungen. Sicherlich hat Müller auch den Faust grösser empfunden, als er ihn darstellen konnte. 'Unsere Sprache reicht nicht zu, alles zu umfassen', sagt er (S. 75 Z. 8). Fausts Ziele sind mit den Worten bezeichnet: Geschicklichkeit, Geisteskraft, Ehre, Ruhm, Wissen, Vollbringen, Gewalt, Reichtum, alles den Gott dieser Welt zu spielen — kurz er will 'Alles oder gar nichts!' Besonders noch künstlerische Neigungen hat Faust entsprechend seinem Dichter. 'Der Mahler, Dichter, Musikus, Denker, alles was Hyperions Strahlen lebendiger küssen, und von Prometheus Fackel sich Wärme stiehlt — Möchts auch sein'... Trotz solcher Bestrebungen sind Faust-Müllers Ideale nicht die geistig höchsten. Das ergibt sein Ausruf: 'die Welt könnte mir alles werden', ein besonders gewichtiges Wort durch den Gegensatz, in den es zu der Gesinnung des Freundes Wagner gesetzt ist; 'nichts findet dieser unter der Sonne, an dem seine Liebe ganz haften möcht'. Wie oft möchte dagegen Faust 'bei süssen Augenblicken da capo rufen!' Hier bekundet sich der Unterschied von Müllers und Goethes Faustauffassung am schärfsten. Als Mephistopheles die Güter, Herrlichkeiten und Freuden der Welt verheisst, da ruft Faust: 'eins noch fehlt'; aber auch dies ein weltlicher

Besitz: Ruhm und Ehre. So wird es begreiflich, dass Faust sich durch Mephistopheles' Schmeicheleien berücken lässt (S. 59 f.). Am tiefsten herabgedrückt wird er durch die äussere Veranlassung zum Pakt mit dem Teufel. Durch treulose Schuldner, für die er gebürgt hat, um sein und das ihm anvertraute Vermögen seiner Familie betrogen, sieht er nur zwei Auswege: das Spiel oder ein letztes 'Refugium', das er nicht näher erläutert. Das Spiel bringt ihm neuen Verlust, nun hat er das 'Recht sich der Verzweiflung ganz in die Arme zu werfen'. 'Es liegt noch ein Weg vor ihm — trüb und dunkel, und er hat auch Kraft ihn zu gehen'. Die Geisterstimme ruft ihn an; als fremder Physiognom erscheint Mephistopheles, der Fausts wegen zuvor als 'Fuchs' in Ingolstadt den Studenten gespielt hat, und verspricht Rettung vor der nahen entehrenden Schuldhaft. Mit den nichts weniger als feierlich klingenden Worten: 'Wo Not uns drängt und Hang uns zieht Wie leicht nicht da ein Ding geschieht' nimmt Faust des Teufels Dienst an. Vorbei ist seine Freude an Mutter Natur, seit er 'immer den sauren Drang hinaufwärts fühlt'. Über ihm schwebt nun 'Nacht und Finsternis und benebelt alle seine Sinne'. Vaterliebe zwar erweckt noch einmal weichere Empfindungen in seinem Herzen — aber aufs neue ruft die Stimme des Geistes — — Nein, Faust will nicht wieder der Niedrigkeit entgegenkriechen. 'Warum hat meine Seele den unersättlichen Hunger, den nie zu erstillenden Durst nach Können und Vollbringen, Wissen und Wirken, Hoheit und Ehre' — das letzte ist ihm wieder das höchste! Mit diesen Wünschen geht er zum Kreuzweg um Mitternacht und beschwört die Teufel; bevor Mephistopheles ihm Versprechungen macht, sinkt Faust in Schlummer, wie im Volksspiel nach der Beschwörungsscene (vgl. Goethe).

Die Sphäre, in welche dieser Faust gesetzt ist, ist die studentische. Faust lebt als Doktor im Kreise von Freunden aus Strassburg an der Universität Ingolstadt.

Auch im Puppenspiel verkehrt ja Faust mit Studenten. Ein solcher ist auch Wagner, der hingebende jüngere Freund, der Idealist, der besorgt um Fausts Seelenheil zum Guten mahnt. Die übrigen Freunde, begeistert für ihre 'Herzenspuppe, ihren Aiax und Achill', üben auf Fausts Schicksal keinen Einfluss. Sie nehmen ihn in Schutz gegen den aufgeblasenen Gelehrtendünkel des Professors Knellius, der kein Mittel scheut, den seinem Ruhm gefährlichen Faust ins Verderben zu stürzen und dazu seinen gebrechlichen Anhang wie die Häscher — auch in andern Stücken der Zeit stehende Figuren — aufbietet. Hier am meisten scheinen äussere Umstände aus dem Leben bestimmter Personen benützt zu sein. Mit offenbarer Freude, wie auch in seiner Idylle 'Das Nusskernen', schildert Müller das Studentenleben von lustiger Liebelei und gegenseitigem Necken an alle Stufen bis zum Gipfel der schmählichen Roheit durchlaufend, die damals an manchen deutschen Hochschulen in Schwang war. Die Farben, die er auf der Palette hat, sind greller und er trägt sie dicker auf als der Sänger des 'Renommisten' (vgl. S. 14 Z. 26). Auch Lenz lässt in seinem Drama 'Der Hofmeister' Studenten auftreten und Goethe sie in Auerbachs Keller ihr Runda brüllen. Aber wie weiss dieser ihre 'Bestialität' poetisch erträglich zu machen! Wie artet dagegen Müller in witzlose Gemeinheit aus! Freilich, es war kraftgenial, das Gegenbild jeder Verfeinerung zur Schau zu tragen. So ging Müller selbst auf der Strasse einher 'beynahe wie Klinger', der studentisch im Leben wie im Dichten war, wird berichtet, 'ist höchst grob gewesen und hat genialisch bey allen Leuten gesagt, deren Physiognomie ihm nicht anstand, ich mögte dem Kerl den Kopf abschlagen lassen, es ist ein Schurke' (vgl. S. 76 Z. 29 ff.). Sein Behagen an den derbsten Ausdrücken bekundet auch die überflüssige Schimpfscene der Schuhmachersfrau, die aber an manchen Briefen Müllers ein ebenbürtiges Seitenstück hat.

Auch in bürgerliche Umgebung bringt jetzt Müller

seinen Faust, wovon die 'Situation' keine Andeutung gab. Sollte hier Lessings Plan eines bürgerlichen Faust von Einfluss gewesen sein? Indem Müller sich wol von Weidmanns 1775 erschienener Neubildung des Puppenspieles anregen liess, überträgt er der Familie des Helden die Rolle der Warnerin. Es lässt sich nicht behaupten, dass die am meisten ausgearbeitete Gestalt von Fausts Vater besonders wirksam sei. Besser gelungen ist die Verwicklung, in welche Faust als Schuldner mit Juden gerät. Schon im ältesten Volksbuch figuriert ein Jude als Fausts Gläubiger. Mit der Neigung der nach Naturtreue und Volkstümlichkeit strebenden Genies zu mundartlicher Sprache wurden Juden eine beliebte Bühnenrolle. Abgesehen von Goethes Judenpredigt, lässt Lenz in seinem Drama 'Die Soldaten', Wagner im Trauerspiel 'Die Reue nach der That' Juden ihren Dialekt sprechen. Müller hat wol am besten von allen den Ton getroffen.

Das Faustdrama selbst gewann natürlich durch so breit ausgeführte Zuthaten nicht. Die Juden wie die Studenten lenken das Interesse zu sehr von der Hauptperson ab. Diese aufgelöste Technik geht auch über das Mass des damals beliebten Einschaltens von Episoden hinaus. Shakespeare ist viel weniger kopiert als in der tragisch wirksameren 'Situation'. Doch um einen streng dramatischen Aufbau war es dem Anscheine nach Müller gar nicht zu thun. Er beachtete den Gegenstand blos als eine glückliche Veranlassung, durch Anreihung von Scenen, bei denen das Natürliche, sich mit dem Übernatürlichen homogen durchkreuzend, der Phantasie einen grösseren Spielraum eröffne und günstige Gelegenheit hierbei reiche, bei den leidenschaftlichen Bewegungen und Explosionen sichere Blicke sowol nach den Höhen als auch nach den Tiefen der menschlichen Natur zu werfen.' Wirklich mehr als genug Freiheit und Spielraum gestattet sich Müller. Was er nur immer auf dem Herzen hat, kleines und grosses: die Abneigung gegen das

Pränumerieren auf Schriften, gegen alle Formalitäten, gegen die Kunst der Ärzte, die Erregung über die in Zürich vorgefallene Abendmahlweinvergiftung, seine Enttäuschung über Christoph Kaufmann, den Gottesspürhund, der als Physiognom und Philanthrop Deutschland bereisend zuerst auch Müllers Freundschaft erobert hatte — alles, alles muss er den Lesern vortragen; den Lesern: denn auf Zuschauer kann das Stück nicht berechnet sein trotz einiger für die Bühne fruchtbaren Effekte und Motive. Ganz entbehrliche Auftritte schieben sich ohne Zusammenhang zwischen die Entwicklung. Als trefflicher Detailmaler, wie er sich in seinen Idyllen bewährt hat, haftet er redselig an jeder Situation und zerstört dadurch das Leben des Ganzen.

Gewiss nicht geschlossener hat Müller die Fortsetzung geplant. Zwischen dem Schlusse des ersten vierundzwanzig Stunden währenden Aktes und dem Beginn der 'Situation' liegen zwölf Jahre. Da die 'Situation' nach Müllers Angabe in den zweiten Teil gehört, so sollte sie wol den Schluss desselben bilden; auch so wäre der Raum für die Schilderung des Lebens während der zwölf Jahre knapp bemessen. Vorausgesetzt ist der Abschluss des Bündnisses mit Mephistopheles und dass Faust Zauberspiegeleien am Madrider Hofe ausgeführt hat. In Müllers Nachlass fand sich ein längerer Entwurf zu einer andern Gestaltung der Scene (s. 'Maler Müller' S. 535 ff.). Es ist schwer zu entscheiden, ob er frühere Fassung der 'Situation' ist oder später zu deren Erweiterung gedichtet wurde. Mephistopheles stört da Fausts Liebeserklärung nicht; Faust sieht auf dem Armband der Herzogin Adelheid von Braganza — so heisst hier die Königin von Arragonien — das wunderschöne Bild der Prinzessin Magellone und entscheidet sich sofort, unter ihren Bewerbern am englischen Hofe aufzutreten. Diese Anknüpfung der Historia von Magellone dient also zur Fortsetzung der Weltfahrten. Es mochte Mephistopheles nun hier dem Bund mit der rasch entzündeten Prinzessin in der dramatisch wirksamen Weise der 'Situation' entgegentreten. Jedesfalls musste sich Faust nochmals für Mephistopheles entscheiden. Die weiteren drei Akte, auf welche das Drama angelegt war, umfassten den Zeitraum der übrigen zwölf Jahre, die der Vertrag festgesetzt hatte. Wie sie verliefen, lässt sich nicht ahnen. Der Titel des Stückes, welcher dem Beginne des ersten Teiles vorangesetzt ist, lautet abweichend vom Haupttitel 'Doktor Fausts Leben und Tod'. Bis zum Tode also wurde der Held geleitet. Die Darstellung in den gedruckten Fragmenten macht die Auffassung wahrscheinlich, dass Faust der Hölle verfällt. Doch lässt sich die Möglichkeit der moralischen Rettung nicht bestimmt verneinen, wenn man sich vorhält, dass Müller den Stoff mehr mit Ironie als ernsthaft behandeln wollte.

Die zeitgenössische Kritik durfte das Dramatische an Müllers Faust 'elend' nennen. Scharf, doch gerecht urteilt die 'Allgemeine deutsche Bibliothek', es könne nichts holperichter, eckiger und unebener sein als diese mit vielem Selbstgefallen dargestellten Dinge. Wie hätte der unklar gedachte, nicht ausgereifte Faustcharakter zu einer vollendeten, durchsichtigen Form kommen können? Lückenhaft ist die Idee, sprunghaft die Ausführung. Der nicht zur Höhe wahrer Bildung emporgestiegene Künstler vermag hier noch weniger als in seinen übrigen Werken die hehre Flugbahn echter Dichtung einzuhalten und stürzt nur zu häufig tief in das alltäglich Gemeine herab. Der sprachliche Ausdruck ist ja wirklich ein Stottern zu nennen; die Leidenschaft versetzt den Athem der Sprecher. So artet die schriftstellerische Manier der Stürmer und Dränger, abgerissene Sätze auszustossen, hier vollends aus. Es wäre leicht, in Ideen und Worten die Verwandtschaft mit den Dichtungen gleicher Richtung zu erweisen. Besonders die Vergleichung mit Klingers Sprache wäre verlockend. Nur klingt bei Müller da und dort eine Wendung durch, die den an Gessner geschulten Idyllendichter und den Freund des Göttinger Haines verrät. Vereinzelt auch offenbart ein bildlicher Vergleich, dass der Maler seine poetischen Phantasien in Farben vor sich sieht. Die zwei Künste, denen Müller dient, befruchten sich gegenseitig. Darum sucht er noch mehr als die gleichalterigen Dichtgenossen möglichst konkrete und bestimmte Bezeichnungen. Er findet sie freilich nicht durchaus. Nur die Nebenumstände könnte kein Niederländer sorgfältiger ausmalen. Diese realistische Darstellung erhält ihr lokales Kolorit durch die mundartlichen Ausdrücke, welche nebst mancher französisierenden Wendung seine pfälzische Heimat dem Dichter diktiert.

Von bedeutender Nachwirkung der Müllerschen Dichtung kann nicht die Rede sein, zumal sie Fragment blieb. Höchstens einige Partieen des Schinkschen 'Faust' lassen eine nähere Verwandtschaft vermuten. Wie Müller (S. 17 f.) so lässt Schink (Berlin 1804. I S. 5 f.) die Menschen zur Tugend zu schlaff, zum Laster zu schwächlich sein mit Ausnahme Fausts, den beidemale Mephistopheles schon vor Beginn des Spieles als grossen Mann beobachtet hat. Beider Faust ist von ungestümen Schuldnern gedrängt (Schink I S. 17); beider Mephistopheles verwünscht sein elendes Loos (Schink II S. 265); auch Schinks Eckard erinnert an Müllers Wagner u. s. f. Goethe wandelte unbeirrt seine eigenen Wege weiter. Klinger verwahrt sich ausdrücklich, dass er für 'Fausts Leben, Thaten und Höllenfahrt' etwas, was bisher über Faust gedichtet und geschrieben worden sei, genutzt habe. Doch mahnt das erste Buch des Romanes flüchtig an die Müllersche Darstellung. So klagt auch hier ein Teufel über das ganze Menschengeschlecht, das weder Kraft zum Guten noch zum Bösen habe; auch ihm ist die Erde zum Ekel geworden; ein anderer aber weist auf Faust hin, der mehr wert sei als tausend der elenden Schufte; ein Gedanke, der von Klinger aus mit anderen Stellen des Romanes mittelbar oder unmittelbar in das

Strassburger Puppenspiel überging. Unersättlich, wie Müllers Faust, ist auch der Klingers (1791. S. 75) und aus beiden brüllt ein Löwe (Müller S. 29 Z. 28. Klinger S. 78). Vor Müllers (S. 58) wie vor Klingers (S. 76) Faust lässt Mephistopheles Gold, Wollust und Ehrenzeichen als Lockungen erscheinen. Über Schreibers matte Fauststudie darf ich hinweggleiten; dass sie bei ihren satirischen Streifzügen so gut wie Müller und Klinger auf die Physiognomik und die Philantropine zu reden kommt, beweist keine Anlehnung. Mit mehr Recht würde man bei Sodens Faust an Müllers Vorbild denken dürfen. Nicht nur dass auch dieser Dichter in die Klagen über die schale Marionettenwelt einstimmt und des Helden Eltern breit einführt; wenn sein Faust ausruft: 'Warum gab mir die Natur Kraft in die Sehnen und Flammen in die Adern, wenn ich nicht wirken soll' (Augsburg. 1797. S. 12), so erinnert man sich an Müllers Worte, Faust fühle in seinen Adern den Gott flammen, der unter des Menschen Muskeln zagt, und stöhne, warum so eingeengt sei die Kraft des Vollbringens! (S. 29.) Doch wer wird weitere einzelne Anklänge verfolgen wollen, zumal heute noch unenthüllte Gestaltungen des damals lebenden Faustspieles gemeinsame Grundlagen der Kunstdichtungen gewesen sein können. Wichtiger ist, dass einige Züge aus Müllers Faust ins Volksspiel Eingang fanden. So hat das Geisselbrechtsche Spiel sich sowol des drohenden Schuldgefängnisses bemächtigt als auch in Fausts Beschwörungsrede einige Wendungen Müllers herübergenommen (vgl. Creizenach a. a. O. S. 185). Doch wären auch mehr dergleichen Einzelheiten auffindbar, sie würden ein Fortleben des Müllerschen 'Faust' nicht bezeugen. Ja der Dichter selbst wandte sich bald von seiner Schöpfung ab.

Er hatte versprochen, einen Band schnell oder langsam dem andern folgen zu lassen, wie ihm Lust zum ausrunden zu Teil werde. Da kam seine italienische Reise dazwischen. Zwar nahm er den Entwurf des

Ganzen mit nach Rom, als er im Herbste 1778 dahin zog. Aber seine Liebe und Thätigkeit vereinigte er jetzt ausschliesslich auf die Malerei. Dann kam eine schwere Krankheit und allerlei trübes Ungemach, das jede Schaffenslust hemmte. Vier Jahre war er in Rom, als der ihm befreundete Verleger seiner Schriften, Schwan in Mannheim, ihn zur Fortsetzung des Dramas aufforderte. Nicht nur der Umstand, dass dem Dichter das angebotene Honorar zu klein schien, veranlasste die Ablehnung; seine Lage und Stimmung war dichterischer Produktion nicht günstig. 'Meine Schriftstellerey liegt im Spital', schreibt er, 'wollte Gott es wäre des dumen Zeugs wenger das ich so dreist in die Welt geschmiert, mir graussts allemal wenn Jemand sich drum bey mir erkundigt' (Archiv f. Litteraturgeschichte Bd. X S. 63). Mit andern Handschriften, die er bei seinem Tod in Rom 1825 hinterlassen hatte, kam der Entwurf in des Mannheimer Buchhändlers Götz Besitz und wird in der Familie vererbt. Die Litteratur verliert wahrscheinlich wenig daran, dass sie ihn verborgen hält. Die vorliegenden Teile sind zu aufgelöst in der Gestaltung, um einen wahrhaft dichterischen Ausbau des Ganzen zu verheissen. Müller scheiterte und musste scheitern an dem auch von andern seiner Zeitgenossen gemachten Versuche, eine Lebensgeschichte dramatisch vorzuführen. Er selbst nennt behutsam sein Werk kein Drama, sondern ein dramatisiertes Leben. Als phantasiereiches Originalgenie bewährt er sich darin, aber nicht als tief denkender und klar schauender Künstler. Freilich den heutigen Lesern, welchen Goethes Faust der typische geworden ist, fällt die unbefangene Würdigung eines andern Faust schwer. Wir müssten Goethes Faust, seinen Mephistopheles und Wagner vergessen können, um einem Vorgänger gerecht zu werden. Wir dürften diesem nicht den Mangel der Gretchentragödie vorwerfen, die Goethe frei zur Sage hinzugedichtet hat. Das Volksschauspiel gibt den Massstab für Müllers Schöpfung. Und ohne Überschätzung werden wir zugestehen, zumal wenn unser Blick vergleichend auf Weidmann fällt, dass der pfälzische Dichter Faust zu einem neuen Leben geweckt hat, zum Titanismus, der auch Lessing ferne lag, zurückgeführt hat. In diesem Sinne ist Müller ein Vorläufer Goethes; in diesem Sinne verdienen diese ersten publicierten grösseren Ansätze zu einem Faustdrama hervorragende Beachtung. Sich bescheidend, sagt der Dichter selbst mit Rücksicht auf Lessings und Goethes Faustpläne: 'Ich freue mich des Nachtritts, wenn übermögende Grösse vorangeht. Mag dieser mein Faust nur Fussgestell eines würdigern sein —'.

Leider blieb Müller nicht so einsichtig. Als der erste Teil von Goethes Faust vollständig erschienen war, reizte derselbe ihn zu einer metrischen Umarbeitung seiner Dichtung. Bis zum Jahre 1823 kann sein Bemühen, die neue Fassung in acht Aufzügen fertig zu stellen, verfolgt werden. Auch von dieser kam nur der erste Akt, ungefähr entsprechend der ersten Hälfte des prosaischen ersten Teiles ans Tageslicht und dieser erst fünfundzwanzig Jahre nach Müllers Tod. Noch acht Jahre später wurde ein Bruchstück daraus faksimiliert; das übrige ruht bei dem prosaischen Entwurf. In matter farbloser Sprache wie alle Erzeugnisse des gealterten Dichters, der auch andere Entwürfe zur Umarbeitung und Vollendung vornahm, schleicht dahin, was im 'Frankfurter Conversationsblatt' und in Götz' 'Geliebten Schatten' bekannt gegeben wurde. Derbheiten auszumerzen, den Satzbau zu regeln, ist das Bestreben des Dichters. Soweit es dabei möglich war, bleiben die Wendungen der prosaischen Abfassung die Grundlage. Die nicht mehr zeitgemässe Satire wird beseitigt. Hier wird gekürzt, an anderer Stelle erweitert. Wagner tritt noch mehr vor und überflügelt fast den Faust; als gutes Princip hat der frömmelnde Freund überall die Hand im Spiele. Der übrige Freundeskreis wird im Verlaufe des Dramas in Strassburg zusammengeführt; einer aus demselben liest den übrigen seine Aufzeichnungen über

Fausts Schicksale vor: so teilt Müller mit, was seine erlahmte Kraft nicht mehr darstellen konnte. Mephistopheles wird nach Goethes Vorbild — es wird auch eine Scene jetzt wie bei Goethe 'Spaziergang vor dem Thore' überschrieben — breiter ausgearbeitet. An Fausts Seite wird eine Geliebte gerückt; Lenchen heisst sie wol nach der Helena des Puppenspieles, die ihren Namen schon bei Weidmann für eine irdische Geliebte hergegeben hatte; kaum ein Schatten seines Vorbildes ist dieses Gretchen.

Über den Gedankengang dieser zweiten Faustbearbeitung sind wir so ungenügend unterrichtet wie über die erste. Nach dem ersten Akte klafft eine grosse Lücke; erst vom fünften Aufzuge erfahren wir etwas. Faust ist bei seiner Geliebten im Kloster, wohin sie Knellius — so wird dieser nun in die Handlung hineingezogen — nach einer testamentarischen Verfügung gebracht hat. Hier wird sie vom Geliebten verführt. Um diese Eindrücke zu verwischen, versetzt Mephistopheles den Helden an den Hof von Flandern, von wo er, einige Zeit Günstling der Herzogin, durch einen Nebenbuhler verdrängt wird. Aus Rache ersticht er diesen. Darnach grosse Reisen durch alle Weltteile und in den Mittelpunkt der Erde. Inzwischen stirbt Lenchen über der Geburt eines Sohnes. Faust findet diesen Paris, dessen Schönheit allerlei Abenteuer veranlasste (wie in Schinks Faust), in Mailand. Die Prinzessin von Granada soll ihn als Geschenk erhalten. Faust, in sie verliebt, tötet seinen Sohn aus Eifersucht. Nun, am Ende des sechsten Aufzuges ist die Hälfte der Zeit abgelaufen. Mephistopheles weiss wie in der 'Situation' im zweiten Teile des prosaischen Dramas Faust aufs neue zu gewinnen. Der siebente Akt wird ausgefüllt von inneren Kämpfen des in alle Laster versunkenen Faust. Umsonst nehmen sich Engel und die Jungfrau Maria seiner an: er verzweifelt an Gottes Barmherzigkeit und geht schliesslich 'der Theorie der Theologie gemäss' zu Grunde: der

konvertierte Dichter kannte seinen Katechismus. Aber
Faust sollte 'für die Teilnahme gerechtfertigt und frei
in die Gegenwart zurückgeführt' werden, da er 'un-
bezweifelte Urkunden von Seelenadel' gebe. Davon kann
nun freilich der Leser der Bruchstücke und brieflichen
Mitteilungen über die übrigen Aufzüge nichts merken.
Und es scheint nur ein einziger Weg, diesen Faust im
letzten Aufzuge zu retten, offen: man müsste annehmen,
dass der Schlummer, in den Faust bei der Beschwörung
verfällt, andauernd und dass wie in Lessings Plan nur
ein Phantom allen Freveln erlegen, der wahre Faust
aber davon unberührt geblieben sei. Jedesfalls ist der
Held des Dramas nun völlig passiv geworden. Die
Gesammtauffassung ist wesentlich aufs moralische Gebiet
hinübergespielt. Der geistige Grundcharakter Fausts ist
völlig verwischt; er scheint nur mehr Don Juan zu sein.
Romantisch endet das Ganze katholisierend. Sehr merk-
würdig ist, dass wie Goethes Gretchen flehend an der
Seite der heiligen Jungfrau den Geliebten empfängt, so
auch Lenchen bei der Himmelskönigin für Faust bittet.

Müller hielt grosse Stücke von dieser Neudichtung.
Sein Tod bewahrte ihn vor der Enttäuschung. Denn
das Wenige, was daraus bekannt ist, erregt kein Verlangen nach dem Ganzen. Cotta, in dessen Hände das
Manuskript gelegt war, wusste, warum er die Druck-
legung unterliess. Es würden nicht einmal die Roman-
tiker ihre Begeisterung für Müller diesem Stücke gegen-
über haben aufrecht erhalten können. Hätten nicht sie
Tieck an der Spitze, 1811 eine Sammelausgabe von
Müllers Werken veranstaltet, welche 1825 unverändert
wiederholt ward, und hätten sie nicht in richtiger Er-
kenntnis der romantischen Ideen, welche einzelne Dichtungen Müllers, besonders die Genovefa, enthalten, dieselbe protegiert (vgl. auch W. Grimm, Kl. Schriften Bd. I
S. 284 f.), so würde sein Name in diesem Jahrhundert
in Deutschland so gut wie vergessen geblieben sein.
Aber der Müller, der nun dem weiteren Kreise em-

pfohlen wurde, erschien nicht mehr als ursprüngliches Kraftgenie. Tiecks glatte Hand hatte ihm ein Mäntelchen umgehängt, das alle Ecken verdeckte und in schönen Falten herabhing. Nicht am wenigsten hat der Faust von seiner charakteristischen rauhen Natur eingebüsst; gar der erste Teil des 'Lebens' ist noch mehr ausgefeilt worden als die 'Situation' (vgl. 'Maler Müller' S. 300 ff.). In dieser Uebermalung ist auch in der Brockhausischen Bibliothek der Deutschen Nationalliteratur der erste Teil gedruckt. Die ersten echten Ausgaben aber sind selten geworden. So war ein Neudruck geboten, zumal der eigentümliche Stil nicht etwa durch den gereiften Dichter selbst sondern von fremder Meisterhand verwischt worden war. Denn wenn Müller auch zu einzelnen seiner Dichtungen Verbesserungen schickte, die bei der Sammelausgabe verwendet werden sollten (vgl. 'Maler Müller' S. 62 f.), so hat er gewiss das nicht auch zu seinem Faust gethan, dessen metrische Bearbeitung er damals schon begonnen hatte.

Während das Titelkupfer der 'Situation' in dunkelm Medaillon das markierte Profil eines nach rechts sehenden Manneskopfes, wol des Faust, zeigt, gab Müller in dem gleichfalls von ihm selbst radierten Kupfer, das er der Originalausgabe des ersten Teiles voransetzte, zu erkennen, dass er selbst an den gelungensten episodischen Figuren besondere Freude hatte; drei höchst charakteristische Juden in halber Gestalt, unter lebhaften Gestikulationen sprechend, zieren den Titel. Gewidmet ist der erste Teil von Fausts Leben dem bekannten Verfasser des 'Deutschen Hausvater' Otto von Gemmingen, mit dem Müller in naher Freundschaft verkehrte. Auch seines Gönners, des Dichters und späteren Theaterintendanten Heribert von Dalberg, gedenkt der Verfasser im Vorwort.

Sinnstörende Druckfehler waren nur wenige zu verbessern. Manches mag auf den ersten Blick als Druck-

fehler erscheinen, was dialektisch ist. Besonders war
Vorsicht im Korrigieren des Textes der 'Situation' gegen-
über der Übereinstimmung der zwei ersten Ausgaben
geboten. Die wenigen unbedeutenden Abweichungen der
beiden zu verzeichnen ist überflüssig. Die Verwechslung
von n und u wurde häufig, seltener die von f und ſ,
von E und k, von E und C, x und r, t und r, i und l,
v und a, v und o, v und p, a und o, b und d, e und c,
z und g korrigiert. Vereinzelt haben sich Antiqualettern
in den Frakturſatz des Originales eingeschlichen. Ver-
tauschte Buchstaben verbesserte ich ferner in S. 7 Z. 16
väterlich aus vätärlich | S. 8 Z. 11 iu aus im | S. 22 Z. 13
die aus dir | S. 27 Z. 8 bürge aus Bürge | S. 42 Z. 10
hingeſtreut aus hinſteſtreut | S. 42 Z. 24 dem aus den | S. 46
Z. 30 einen aus einem | S. 65 Z. 24 Unfug aus Umfug |
S. 78 Z. 5 Wasserfalls aus Wasserhalls | S. 82 Z. 15 ihr
aus ihn | S. 110 Z. 23 einem aus einen in beiden Ausgaben |
S. 112 Z. 16 krum (nach Tiecks Vorgang) aus kaum in
beiden Ausgaben | Verdoppelungen wurden vereinfacht:
S. 70 Z. 6 flink aus fllink | S. 76 Z. 12 wölbten aus wölbteen |
ausgefallene Buchstaben ergänzt: S. 22 Z. 24 anriechend
aus an iechend | S. 31 Z. 29 Teutschland aus Teuſchland |
S. 44 Z. 14 Versteigerung aus Versteigung | S. 61 Z. 7
Physiognomus aus Physionomus | S. 63 Z. 20 Knellius aus
Knellin | S. 63 Z. 21 Der aus er (mit Rücksicht auf das
nachfolgende der) | S. 68 Z. 21 ätherisches aus äherisches |
S. 90 Z. 32 Schönheit aus Shönheit | S. 93 Z. 26 meine
aus mei= | S. 99 Z. 9 wieder aus wie= | Dreimal sind die
Trennungszeichen in der Vorlage am Schlusse der Zeile
abgefallen. Die Trennung von ck in k-k, tz in z-z wurde nicht
beibehalten. S. 23 Z. 35 wurde zu wider im Neudruck
verbunden, an drei Stellen fälschlich zusammengerückte
Wörter getrennt. Häufig musste der Interpunktion nach-
geholfen werden, zum Teil um eine gewisse Gleich-
mässigkeit innerhalb jedes Teiles zu erzielen. Mit Ueber-
gehung der nur die äusserlichste Druckeinrichtung
betreffenden Veränderungen verzeichne ich die etwas

wichtigeren. Wiederholt ist die Interpunktion am Schlusse der Rede ergänzt worden. Ausserdem wurde sie eingesetzt nach S. 40 Z. 8 abzuholen | S. 50 Z. 1 kommen | S. 67 Z. 15 machen | S. 68 Z. 4 Freund | S. 68 Z. 21 Gott | S. 69 Z. 29 fallen | S. 77 Z. 28 Abies | S. 96 Z. 27 kann | Getilgt wurde ein Punkt nach S. 114 Z. 26 hinlegte | ein Komma nach S. 9 Z. 2 Kerl | S. 21 Z. 20 Zucht=meister | S. 52 Z. 26 darum | S. 57 Z. 3 hab | S. 89 Z. 5 werd | S. 91 Z. 28 an | S. 94 Z. 15 — juch | Verändert wurde die Interpunktion: S. 23 Z. 21 zeigen? aus zeigen. | S. 27 Z. 30 watz! aus watz' | S. 36 Z. 10 können, aus können. | S. 36 Z. 11 nehmen. aus nehmen; | S. 46 Z. 2 hören. aus hören, | S. 46 Z. 17 biß. aus biß; | S. 46 Z 26 ist, aus ist; | S. 47 Z. 22 lassen! aus lassen; | S. 52 Z. 31 ruhe. aus ruhe; | S. 57 Z. 33 brauchst. aus brauchst, | S. 65 Z. 2 Degens. aus Degens, | S. 78 Z. 11 auf, aus auf' | S. 85 Z. 15 Kind! aus Kind, | S. 87 Z. 19 ihn, aus ihn' | S. 95 Z. 3 Kraft? aus Kraft. | S. 97 Z. 13 du? aus du! | S. 98 Z. 35 Thron. aus Thron, | S. 107 Z. 22 nichts! aus nichts? in beiden Ausgaben. Versetzt wurde die Interpunktion: S. 28 Z. 8 wecke, de Schummel aus wecke de Schummel, | S. 36 Z. 21 liebe, gute aus liebe gute, | S. 86 Z. 13 Sohn! mein Sohn! aus Sohn! mein! Sohn |

Würzburg, Mai 1881.

Bernhard Seuffert.

Fausts Leben

dramatisirt

vom

Mahler Müller.

Erster Theil.

Mannheim.
bei C. F Schwan, kurfürstl. Hofbuchhändler.
1778.

Meinem

Lieben, Theuren

Otto

Freiherrn von Gemmingen.

Theuerster!

Wer doch so da sitzen und sein Lustschlößchen recht gemächlich nach Herzens Gefallen ausbauen kann. — Es thut einem so wohl in der Seele, drängt einen oft ganze Stunden wie nach Schlaf, daß man sichs endlich nicht länger mehr erwehren kann, wenn Moment und Lage so recht die Phantasie dazu stimulirt. — Wir sollen und müssen eben oft hinaus, wenigstens mit unserm Herzen, in die Fremde — Es gehört mit zu unserm Wesen, wie die Bienen über Thal und Auen, die Schöpfung zu durchwandern, um tausend neue Schätze zu finden, wo die Liebe mit allmächtiger Ruthe anschlägt; nicht immer mit dem Gedanken an einem Heerd zu hausen, wärs auch nur dann und wann Bewegung und Ausbruch der Gluth zu geben, die sonst auf eins verschlossen, unser Herz endlich ganz verschmoort. — Fühlten wir doch oft süßen Drang, Theuerster, zum schaffen; und mit welchem Entzücken legten wir Zauberstab und Bleymas wieder hin und freueten uns der vollendeten Schöpfung — freueten uns der Erholung darnach, wenn die verschlossene Seele, durch Imagination [6] geöfnet, so recht der Fülle entließ, wie nach segenreichem Gewitter das im üppigen Umfangen die lechzende Natur wieder erquickt. — Neu gestärkt dann, Unsterblichen gleich, wir in Ihren Heldenwagen sprangen, gastfrei und bieder Sie, ein anderer Odysseus, den Zügel

ergriffen, die zwei braune stolz wiehernde Halbgöttinnen voran zu jagen, die ihrer Kraft wegen mir so lieb sind. — Leben, du bist süß, wer dich als Mensch genießt, des angestammten Rechts fühlt, daß alles unter der Sonnen
5 meiner Freude gegeben! — Giengs dann immer voran im Sturm, an Wasser und Wald, Steg und Hecken jezt vorüber, dem Flug erhizter Jugend=Phantasie nach, die taumelnd sich stolzerer hofnungsvollerer Zukunft entgegen schwingt. Man glaubt dann schneller zu schweben hinein
10 in die Zeit. — Dann und dann, was fällt einem nicht alles ein! Erste Liebe, erste Freundschaft, erste Lieblings=Ideen, erstes Wonne=Gefühl an der Natur — dann spiegelt sich noch einmal alles vergangene Herrliche durch die Seele zurück — und paret sich mit den Hofnungen der Zukunft;
15 die erzeugte Kinder sind schwärmerische Träume, die Herz und Seele eine Zeitlang im wollüstigen Schlummer wiegen —

[7] Nehmen Sie, was ich hier gebe, rein wie's aus meinem Herzen sprang; das Stück eines Dings, das in meiner
20 Jugend mich oft froh und schauerlich gemacht — mich bald erschröckt und entzückt, und doch immer das Spielwerk meiner Imagination blieb — entschossen jezt der Baum mit Ranken und Blätter dem Körnchen, das einst mit Taubenmund meine Amme den Schos herab mir zu=
25 gelullt: Kindermärchen, das sich zuerst in meiner Jugendphantasie befing, mit mir ins stärkere Leben wuchs, fest gehalten vom Herzen, wie ein Fels, den die Klaue der Eiche packt. — Was ists geworden? — Ihrem Blick überlaß ich das; mir wars oft Leitfaden an dem ich in die
30 Vergangenheit wieder zurück schlich, wenn es mir in der Heutigkeit nicht besser gefiel, und das ist doch wohl nicht

wenig; und wem kann und darf es auch mehr seyn als mir! — Gedanken der Liebe sind immer die Vorläufer des Künstlers; wir entzücken uns lange an einem Wesen, ehe wirs schildern und schreiben; wir liebten und buhlten und sparens bis zum süßten Moment. — Oft ist uns nach langem Streben die Ueberzeugung schon genug, gewiß durchzudringen, wenn wir jezt wollten, und ohne hieraus weitern Nutzen zu ziehen, befriedigen wir [8] uns schon am vollen Gefühl unsers Vermögens, und lassen's stehen wie's steht! Was dacht ich, jemalen einen Faust nieder zu schreiben — Das Erzehlen, das Nachdenken an einen Mann der mir gefiel, die Begierde ihn gegen alle zu vertheidigen die ihn unrecht nahmen, ihn als einen boshaften oder kleinen Kerl in die Rumpelkammer herabstießen, das Zurechtrücken in ein vortheilhafteres Licht — brütet nach und nach väterliche Wärme an. — Wir sehn das Ding vor uns entstehn, und tragen Gewissen, es nicht so gleich wieder der Vernichtung entgegen sinken zu lassen. — Eine Weile nehmen wirs gastfrei in unser Herz auf, und sizt es einmal da, so hats gewonnen. Es ißt, trinkt, träumt, lebt, nährt sich in uns — es steigt und wächst in uns, und ruht nicht, bis es zur Welt kommt — Und siehe da, aus Spaß wird endlich Ernst, und der lebhafteste Kerl kriecht und kriecht und trägt sich, und versagt sich, und kann doch nicht anders, und muß endlich in sein Nestchen, wo er nach Herzens Gefallen bequemer gebähren kann. Ists Kind einmal völlig zur Welt, was will man thun — wer fühlt dann nicht Vater=Mutterpflicht? — Alles was man an und aufbringen kann, wird daran gehenkt und gewendet, das [9] Närrchen wo möglich in die Welt honett auszustafiren.

So entsprang Genovefa, die ich vor meiner italieni=
schen Reise noch ganz geben werde, und dieser Faust.
Leßing und Göthe arbeiten beide an einem Faust — ich
wußt es nicht, damals noch nicht, da bis Ding zum Nieder=
5 schreiben mir interessant wurde. — Faust war in meiner
Kindheit immer einer meiner Lieblingshelden, weil ich ihn
gleich vor einen grosen Kerl nahm; ein Kerl, der alle seine
Kraft gefühlt, gefühlt den Zügel, den Glück und Schicksal
ihm anhielt, den er gern zerbrechen wollt, und Mittel und
10 Wege sucht — Muth genug hat alles nieder zu werfen
was in Weg trat und ihn verhindern will. — Wärme
genug in seinem Busen trägt, sich in Liebe an einen
Teufel zu hängen, der ihm offen und vertraulich entgegen
tritt. — Das Emporschwingen so hoch als möglich ist —
15 ganz zu seyn, was man fühlt, daß man seyn könnte —
es liegt doch so ganz in der Natur. — Auch das Murren
gegen Schicksal und Welt die uns niederdrängt, und unser
edles selbständiges Wesen, unsern handelnden Willen durch
Conventionen niederbeugt. — Die erste oberste Sprosse auf
20 der Leiter des Ruhms, der Ehre ꝛc. zu besteigen, [10] wer
wagt nicht darnach? — Wo ist das niedrige duldende Ge=
schöpf, das immer gleichgültig, aus der Tiefe nicht einmal
in Gedanken hinaufwärts wünscht — nicht fliegen wollt,
wenn einer Flügel ihm gäbe, nicht steigen wollt, hüb ihn
25 einer auf allmächtigen Armen empor! — Der freiwillig
resignirte, sich an seiner Niedrigkeit weidet, lieber das lezte
vor dem ersten wählte — Ich habe keinen Sinn vor solch
ein Geschöpf; seh's als irgend ein Monstrum an, das
unzeitig dem Schos der Natur entging, und an das sie
30 auch keinen Anspruch weiter macht. — Wenn Eigennutz
und Eigenliebe die Maschine sind, die den Weltpuls im

Gang halten — was Wunder dann, wenn der starke, grose Kerl sein Recht nimmt, und wenn auch sein Muth ihn über die Welt hinaus treibt, ein Wesen zu suchen, das ihm ganz genügt — Es giebt Momente im Leben, wer erfährt das nicht, hats nicht schon tausendmal erfahren, wo das Herz sich selbst überspringt, wo der herrlichste beste Kerl, troz Gerechtigkeit und Geseze, absolut über sich selbst hinaus begehrt.

Von dieser Seite griff ich meinen Faust. Sie wissen am besten, Theuerster, was für Wege ich die übrige vier Theile durch, genommen, wor=[11] nach ich eigentlich auch gezielt. — Ein Band wird schnell oder langsam dem andern folgen, so wie mir Lust zum ausrunden zu Theil wird. — Sollt ich in Italien sterben, wird man alle meine Papiere Ihnen einhändigen, und Sie mögen sich hernach der rückgelassenen Waisen annehmen — wie Sie es vor gut finden. Ihnen allein sind alle meine Ideen klar. — Wär alles was ich hier zu sagen hätte.

Die Situation aus Fausts Leben, die schon vorher gedruckt worden, gehört eigentlich in den zweiten Theil, der bald folgen soll. — Die Krone jezt dem sie gebührt! — Es giebt keine größere Hochachtung, als ich für meine zwei eble Mitstreiter erkenne. — Das wissen Sie, Theuerster, und ich freue mich des Nachtritts, wenn übermögende Größe vorangeht. Mag dieser mein Faust nur Fußgestell eines würdigern seyn — mag er überwunden und gebeugt die Zähne knirschen, wenn der siegreiche Sultan über seinen Rücken zu Pferde steigt. — Nichts weiter — Sie wissen zu gut wie ich über diesen Punkt denke —

Jezt leben Sie wohl, und verzeihn Sie mir diese Plauderei. Ich hoffe unsern vortrefflichen von Dalberg diesen Mittag in Ihrer Halle zu [12] treffen. — Wie wär es, wenn wir gegen Abend durch Neckerau am Rhein hinpilgrimmirten — so in Ihrer und Oßians Gesellschaft, köstlich! Wir ließen so die Sonne vor uns hinters Rheingebürge hinabsteigen — sehn den Mond dann die silberne Fluth heraufwandeln, uns in die Zeiten der Helden zurück zu winken; aber da müßten Sie mir auch versprechen, nicht mit einem Wörtchen zu gedenken, daß es heut zu Tage noch Leutchen gäbe, die ihr buntes Pfeifengequäck dem blizerhellten Nachtgesange des blinden Königs der Lieder anzuflicken suchen; sonst bin ich auf einmal für alles verdorben.

Fausts Leben.

Erster Theil.

Doktor Fausts Leben und Tod.

Erster Theil.

Mitternacht. Sturm. Ruin einer verfallnen, mit Schutt überwachsenen gothischen Kirche.

Berlicki. Vizlipuzli. (zwei Teufel.)

Berlicki. Willkomm — Hofspaßmacher!

Vizlipuzli. Doktor — geben immer einander die Hände — Willkomm! willkomm! Riß euch dieser greuliche Sturm aus der Hölle los? Vetter! — oder hat eure Alte euch herauf gebrummt?

Berlicki. Bin ich nicht Lucifers Leibarzt — der jezt diese Oberwelt mit visitirt —

Vizlipuzli. Rüst' weil ein Dutzend Pillen; unsere Könige sind in gewaltigem Zwist aneinander. — Lucifer rast abscheulich vor Galle.

Berlicki. Wie so? —

Vizlipuzli. Wird jezt ausgemacht werden im allgemeinen Rath, ob diese Welt künftig noch Ansprüche an unsere Hölle machen darf. — Wollen die Menschen fernerer Protection entziehn. — Doktor, sprich bei Gelegenheit ein wenig fürs Menschen Völkchen; ist freilich jezt verlegene Waare; machen einen aber doch manchmal noch lachen, wenn sie so in ihrer Lechheit zu uns in die Hölle herab marschirt kommen.

Berlicki. Hätt' auch ein Wort zu reden; he! he! he! — Lucifer ist alt und hypochondrisch — das lange Sitzen auf

seinem eisernen Stuhl bekommt ihm nicht wohl — alles geht
zu Grund, wenn ich ihn nicht restituir. Sieht alles so
monstros um sich her. — Hab ein Weil alte Bibliotheken
durchfahren — phu! was drinnen staubicht macht. — Um
5 welche Stunde kommt Lucifer, und der Rath zusammen? —

Vizlipuzli. Mitternacht — horch! hörst wie sie lärmen?
Moloch trennt sich von Lucifers Haufen; die Welt behagt
[17] dem lieblicher als jemals. Mephistophiles, das Höllen=
genie, lacht und macht sich, kein Zeuge ihrer erhabenen Narr=
10 heit zu seyn, aus dem Staub weg.

Berlicki. Mephistophiles streicht schon lang über die
Erde — Weist nicht wohin er eigentlich seine Ausflucht nimmt?

Vizlipuzli. Seit's hier oben so voll Genies wimmelt,
bringt ihn nichts mehr hinab — sizt meistens zu Ingolstadt
15 unter von Koth zusammengeblasenen Erdhalunken, haselirt da
breit in den Tag hinein; werden noch all durch ihn in be=
sondern Respect unter den übrigen Weltkindern gerathen.

Berlicki. Pfui! pfui doch! — so sich auch degrabiren —
Horch Lucifers Trompet! — war der Sturm der dort die
20 nasse Felsenwand herunterheult — lieb ist mirs daß sich der
König ärgert, kollert sein Blut ein wenig auf — sonst ge=
frierts — was wollt ich doch sagen — wie? in Ingolstadt
als ein schwermender Bruder also?

Vizlipuzli. Ja, ja — hat sich dort eines Doktors wegen
25 zum Fuchs erklären lassen, trägt Kragen und Federkappe,
einen eisernen Degen und steife Handschu, troz einem Re=
nomist — bringt nachher auch Ständchen vor Marcibillens
Kammerfenster, als Jungfern Knecht — kurz [18] taucht sich
ganz in den Menschen hinein, ihn desto richtiger zu studieren.
30 Haben künftig viel von ihm zu hoffen, wenn er so fort fährt;
wird traun bei Bier und Toback unterm pro und contra
fideler lieber Consorten, der Höll ein neu Gesezbuch schmieden,
wo allemal das Pflaster für jeden Staatsbruch probatum
vorher dictirt steht.

35 **Berlicki.** Was das Leutchen sind! Genie und Genie!
man verliehrt allen Respect mit ihnen — Was ists denn für

ein Laffe von Doktor, an den er uns alle proſtituirt? — Kennt ihr ihn? Bin einmal einem um Mitternacht erſchienen, mit dem Baretchen auf'm Haupt und Stäblein in der Hand, unter der Geſtalt des Hypocrates — aber der hudelte mich infam — 's war einer von den Naturaliſten die nichts auf Siſtemen zählen, ein boshafter, liederlicher, ausgelaſſner Bube, der aller gelehrſamen Gründlichkeit Hohn ſprach; aber ich gab ihm wieder darvor — plagt ihn wie den Job, ſchlug ihn für ſein ungeſittetes Naſenrümpfen mit Ausſaz, ſalbt ihn mit Geſtank, regnete Eiterbeulen über ſeinen Leib, bis er vor den Schwellen eines Kloſters erlag, ſelbſt mildeſter Barmherzigkeit zum Eckel. — Aber kurz drauf verlohr ich ihn wieder aus den Augen, ſah ihn bald im ſeidenen Gewand beräuchert und muthvoll wieder einherſtrozen, die güldne Kette um den Hals. — Ihm ſtarb ſagt Mogol ſein Vetter, ein reicher Filz, und ſezt ihn allein zum Erben aller zuſammengeſcharrten Schäzen ein, die er verpraßt. Da knirſcht ich mit den Zähnen! Der Erz= narr Mephi= [19] ſtopheles hat ihn mit Gewalt meiner Rache entzogen — Wenn's der iſt, wolan! ſo laßt ihn hinab= kommen; hi! hi! hi! eher wollt ich dem Erzengel verzeihen, der mir die Donnerwund in die Stirn ſchlug, als dem jungen Gelbſchnabel ſeine Stiche —

Vizlipuzli. Hörſt? hörſt?
(Poſaunenſchall.)

Berlicki. Die Sterne des Mitternacht=Himmels blinken hell herunter — Der König kommt ſchon — ſieh Pferdtoll der Zerſtörer voran.

Pferdtoll.

Uh! uh! uh! vermaledeytes Licht! — Schatten unter mir! über mich! Schatten, kühlen, ſchwarzen Schatten!

Vizlipuzli. Bruder, hat ein Mondſtrahl dir's Hirn ge= ſpalt? hier ſteht der Doktor dich zu verbinden —

Berlicki. Leih ihm deine Kappe zum Hirndrücken, die iſt von je eines verbrochenen Schädels gewohnt.

Mogol (tritt auf)

Aus dem Weg! der König! der König!

[20] **Bizlipuzli.** Wie der so steif hingeht — der Scharrer und Schrapper! Friß ihm nichts Wind von seinem Kleid, saug ihn nicht an Luft — schnauft aus Geiz nur halber.

Berlicki. Hörst, da kommt ein andrer; kenn' den schon am Husten. Mehu, der Melankolifer — den Kerl purgier ich ab — mach an dem alle meine Experimente. Hörst! — kündigt sich immer mit Ach und Weh an; ihm ist wohl wenn er seufzen kann; lächzt nach Gelegenheit Unglück und Graus vorher zu spühren —

Mehu (kriechend)

Die Welt fällt morgen zusammen im Sturm — die Hölle zerbricht — wo wollen wir arme Teufel hin!

Bizlipuzli. Der Bengel! sein Pfund so zu vergraben — wie meinst Doktor, wenn du seine Nieren hätt'st — Sieh der Mahlteufel Babillo —

(Posaunenklang, Geschrey.)

Berlicki. Still Buben! der König!

Bizlipuzli. Deine Pillen! sieh, blauroth vor Zorn sein königlich Gesicht — die Gall ist ihm ins Blut geschossen!

[21] (Lucifer von Satan, Atoti, Babillo, Cacal und einer grosen Schaar anderer Geister begleitet, sitzt auf ein alt Epitaphium nieder; die zwei erste knien vor ihm, die andere liegen mit dem Angesicht zur Erde.)

Alle. Macht und Ehre dem König der Hölle! (stehn auf)

Lucifer. Die mir gefolgt, sind mein und tapfer; die andern Buben können ziehn, wohin sie wollen — Moloch soll sich verkriechen wenn ich zu ihm hinab komme — Gefällt ihm diese Welt? hi! hi! hi! der Schuft, ihm solls nicht gefallen; wills nicht leiden — wenn ich den schweren Zepter über ihn los donnre, raßlen soll er im Staub — Phu! mein Athem wie trocken — Doktor stellt euch her neben mich — phu! daß die Welt nur in diesem einzigen Hauch versengte — Doktor, plagt mich gewaltig hier in der Hüfte!

(Berlicki fühlt bedächtlich den Puls.)

Berlicki. Wollen euch was geben, das die Hize nieder=schlägt.

Lucifer. Was das ein Wesen, Satan! Eine Welt — die soll's seyn, woran wir Geister unsere Kräfte üben? — Hohn! ewiger Hohn! du droben höhnst mich so — Meinen Narren her — wo ist Bizlipuzli? will ihn gleich mit allen Ansprüchen auf diese Welt belehnen, Mephistopheles!

[22] **Satan.** Blieb jenseits, da wir zurückkehrten, schwebt noch über der Welt.

Lucifer. Dummkopf Moloch, mir zu wiedersprechen — dis Rund erträglich zu finden — will ihn auseinander reissen andern zum Exempel, sobald wir hinabkommen — Satan! hundert und zweimal hundert Jahre zum erstenmal wieder in dieser Luft — wie seit dem alles ins Kleine auseinander gerollt — dauert einem des Heraufsteigens — die Hefe vom Menschengeschlecht!

Alle. Hu! hu! hu! haben doch wahr gesagt.

Lucifer. Entnerft doch alles vom Kleinsten bis zum Größten — am Altar und im Freudenspiel — schwächlich. Majestät sinkt unter ihrer eignen Kronen Last zu Boden — Minister und Courtisanen, Mahler und Poeten, Maitressen und Pfaffen, alles zusammen gehenkt in einen Pack, worauf marklose Erschlaffung lächzt — lohnt sich der Mühe nicht mehr, den Teufel unter diesen vermatschten Weltkindern zu spielen, die nicht mal mehr volle Kraft zum sündigen übrig haben.

Alle. Den Stab gebrochen — die Hunde laufen gelassen wohin sie wollen — hu! hu! hu!

[23] **Bizlipuzli.** O bitt, bitt fürs arme Menschengeschlecht — verstoßt's nicht ganz — wo wollen denn die arme Narren sonst unterkommen, wenn ihr sie gar nicht mehr aufnehmt.

Satan. Ha! ha! ha! laßt alles untereinander aufschießen wie's Unkraut, nach der Ernde, wollen beim Dreschen schon schwingen und reutern daß der Staub in die Lüfte fliegt.

Lucifer. Wären's noch starke Kerls, die uns mit ihren Tugenden zu schaffen machten — oder ganze Schuften, angefüllt vom Wirbel in die Zähe herab von Mordsucht und Gift der Hölle — du Christiern, Ruggieri, Nero, wakre

Burſchen! — Wie heißt doch der brave Geſell der den
Nachtmahlwein vergiftet — dems nicht ganz gelang — ein
Republikaner — Ein einziger ſolcher Schädel könnt mich gleich
wieder mit dieſem ſchaalen Jahrhundert ausſöhnen — Hab
5 ihm auch einen Stuhl neben meinen Thron geſtellt da er
hinab kam; ein derber determinirter Bengel, bei deſſen An=
kunft die Höllenthore weiter auseinander fuhren als jezt bei
einer ganzen Heerde ſolcher, die ich meinetwegen alle lieber
dem Himmel vergönnen wollt — Verdammt! verflucht! du
10 Tartar Chan aus China, ſtehſt gleich eherner Säule, über=
ſchatteſt drunten die ganze europäiſche Region! — Vergeſſen
wir nicht ganz unſere Exiſtenz und Kraft, da wir [24] länger
uns mit ſolchen Dampfſeelen hunzen, die weder vor Himmel
noch Hölle geſchaffen ſind.

15 **Alle.** Die Thore verriegelt — die können zur Noth ſich
in der Vorhölle behelfen — verriegelt nur immer die innere
Thore! hu! hu! hu!

Lucifer. Uſurpiren braver Kerls Pläze; nicht wahr? —
den Stab gebrochen, und dann fort — was ſagſt Mogol? —
20 he! wie ſtehſt in deiner Beherrſchung? — gib mal Antwort.

Mogol. Uebergüldete Armuth meine Beherrſchung! —
Da mein Gold ſich in ſo viele kleine Kanäle jezt verſchleußt,
findet ſelten ſich ein Strohm zuſammen, laſtbare Schiffe der
Ueppigkeit empor zu tragen — Die Beutel ſind Geckenköpfe
25 geworden, die von auſſen blinken, und innwendig leer ſind —
Es zehrt der Wind an Narren Capitalien, frißt Quaſt und
Bord' von ihrem Leibe. Selten fällt eine blinkende Hauptſumme
von Gewicht, als in Richterhände, vors Aug' den Daumen
zu drücken — der blinden Gerechtigkeit an der Naſe zu
30 zupfen — oder etwa in die Hände der Mutter, die ihrer
Tochter Ehre dem meiſtbietenden Preiß giebt —

Cacal. Bruder weg — aus meinem Reich — hier fängt
meine Beſtallung an; hi! hi! hi! — hab wohl manche
Sum=[25]ma klingen gehört; aber das geht dich nichts an —
35 Bin der Wolluſt's Herr, dem dieſe Welt am meiſten dienet.
Wem brennen Opfer wie mir, von allen Ständen und Claſſen,

von allem Alter gros und klein, hoch und niedrig; und
doch muß ich klagen, wenn ich Kirch und Schulen, Gerichts
und Tanzpläze, Gefängniße und Gastereien durchschlupfe, im
Stillen und beim Gelärm, heimlich und öffentlich, bei Tag
und Nacht; manche Tochter der Mutter entrissen, den Bruder
gestellt, die Schwester dem Patron zu zuführen, dadurch ein
Amt zu erschnappen; den Mann, die Frau — selten traf
sich's daß mir volle Sündenfreude ward. Hi! hi! hi! —
Die schwachen Hunde könnens auch nicht einmal genießen
wie's sich gehört.

Lucifer. Das Wurmgezücht; — still doch! — daß sie nur
alle in meinem Pfuhl drunten zerstäubten! — Schaut, wenn
ich einmal aufgebracht das Steuerruder in die Hände nehme,
lüften will ich, daß es bis in die Gestirne hinauf krachen
soll! — Ihr Atoti, der Literatur Teufel, wie gehts bei euch?
— Kein großer Kerl in eurer Beherrschung?

Atoti. Da kommt ihr an! — wenn jener Schaafe nicht
einmal Scheerens werth, was soll ich zu meinen Schweinen
sagen. — Fy! ist ein Geruch untereinander, daß einem beim
Anschauen die Luft entgeht — Was mancherlei Gewimmel
und Getümmel, Geheckel und Ge=[26]päckel — wie sie sich
aneinander halten ums Interesse und aus Lobsucht, einer dem
andern den Steiß beleuchten; zusammen nisten wie die Wanzen,
oder einander beschmeißen ums Genie — Einige tragen ihre
Merkzeichen und Uniformen, an denen man sie vor allen
heraus erkennet, recht bunt aufeinander hingekleckt; und wenn
die unter einander Fänge geben, ist's nur hätschel und fätschel,
wobei keinem die Nase überläuft — Andere gehen immer ge=
spornt und Kampf bereit wie die Hahnen; andere, denen die
Natur Klauen zum Kratzen versagt, zerschlagen sich jämmer=
lich selbst das Hirn und binden Splitter an die nackte Finger,
auf Rechnung ihres Kopfs beklaut zu seyn — Einige, die
gesehn, daß gesunde Kerls mit Karbatschen, und Bengels mit
Kolben um sich herum Kröten und Füchse aus dem Wege
schlagen, führen Strohhalmen in den Armen, mit denen sie
gewaltig durch die Strasen schwingen, immer schreiend von

Kraft und Stärke, Sturm und Drang; schmähen über Pedanterei und Schulgelehrsamkeit, wollen alles schinden und
zusammenhauen, was ihnen in Weg kommt, zu beweisen daß
auch Schwung in ihren Armen sizt. Andere rennen einander
in Koth nieder, zum Aerger und Betrübnis der triplenden
die mit rothen Federn auf der Nase, wie Papageien einher-
schwänzen und vor übersamtem Gefühl zerschmelzen — Andere
verstecken ihre Gesichter in Mäntel, sicher der Namen rufen-
den Polizei zu entwischen, wenn sie dumme Streiche gemacht
diese halten sich gemeiniglich Schlucker im Sold, die vor die
Gebühr sie [27] verehren und anbeten müssen — Dis ist nur
die leerste Spreu von Kerls, woran auch die langweilige Ge-
dult sich zum Narren kaut, ohne ein Körnchen Mark in ihnen
aufzufinden — niedrige Bubens, die Mutter Literatur der
Scham aufdecken, ohne einmal selbst darüber zu erröthen;
eine verfluchte Sorte, die aller gelehrten Abgötterei auf einmal den Hals gebrochen — Mancher Rozlöffel, der sonst sich
gescheut einem grosen Mann in den Bart zu schauen, hält
sich's jezt vor Pflicht ihn unter die Nase zu prostituiren
Ho! ho! ho! — wo kommts endlich hin — die Alten! die
Alten! ho! ho! ho!

Lucifer. Mein Bauch springt auseinander! — Donnerwetter mach fort! daß du Hund glühend wärst!

Atoti. Die Alten das sind langweilige Narren — gehn
meistens mit vollgestäubten Perücken gravitätisch einher wie
Gänse — sprechen von lauter Solidität und Aechtheit; schöpfen
immer aus reinen Quellen und trinken nicht, was nicht
hundertfach geläutert ist — conveniren untereinander sich alle
tiefe Ehrfurcht zu erzeigen, und einer dem andern hohe Weisheit zuzutrauen — halten viel auf Wohlstand und Anstand
und kränzlen einander die Eselsohren — Andere tragen ein
Compendium von Politick und Philosophie in den Falten
ihrer Stirne und ob sie gleich weder Oel noch Dacht in
Lämpchen ha=[28]ben, heißen doch nichts minder wohl illumi-
nirte Herren — Andere schwitzen am Drehbrett, wollen neue
Verfassungen und Sitten schnörgeln, und mit einem Hunds-

bein die Welt ausglätten — sehn nicht wie ihr armer Geniunculus in Zügen liegt und Fieberimagination für Wahrheit hinträumt. Kurzum, wen einer alle diese buntscheckigte Narren auf einer Brücke zusammenstellte, jeder so nach seiner Schattirung, gäb das groteskste Perspectiv, das je die Hölle von unten hinauf gesehen — Tag täglich aber unter Ihnen zu weben und mit Ihnen umzugehn, ist wirklich keines braven Teufels Spaß mehr! die Schnecken abzuschleimen, oder zu sehn wie sich Jungens auf der Folter dehnen, große Kerls zu scheinen, und so lange spannen, bis Herz und Kopf verrückt, und sich nicht mehr aneinander besaßt, daß das arme Dunstgeripp bald vollends im Windhauch darüber hinstiebt.

Lucifer. Halts Maul! — das Facit — diese Welt keines Pfifferlings werth — Laßt uns den Stab auf hundert Jahre brechen! — In die Höll zurück! treffen doch dort Quaal an, unserer würdig — keinen einzigen grosen Kerl mehr zu finden! — seht ihr wohin das gekommen — ein General-Bankerut! — Der droben spottet, würdigt hinab unser edles selbständiges Wesen, Hüther und Zuchtmeister solchen Geziefers zu seyn — Wohin wirds noch kommen! wohin! wohin meine Geister! (heult) Den Zepter her! — mir schwillt die Galle, her! her! will ihn an diesen Steinen zerschlagen.

[29] **Alle.** Babillo! der Mahlteufel soll auch reden!

Lucifer. Er soll — sprich!

Babillo. Um Vergebung Majestät — seyd jezt zu sehr im Gall auslassen — von keinem Extremum aufs andere, wenn ich bitten darf — thut niemals gut. — König! wenn ihr einmal hautsatt zu lachen Lust habt, so laßt mich referiren — Giebt wohl nirgend um schnackischere Gesellen als in meinem Reich; kein wohlgemutherer Teufel durch die ganze Höll als ich — Macht alles die Kunst — amusir mich den ganzen lieben langen Tag von Morgends früh bis in die sinkende Nacht — Nehmt herzhaft die Hälfte meines Salarii wenn ihr wollt, nur laßt mir meine Function —

Was kümmert mich die übrige Welt, gros und klein — Seht sie an wie ihr wollt — meine Bürschchens sind mir alles, die tagtäglich so lustig Affenspiel mir besorgen und Caricaturen schneiden! daß ich manchmal vor Lachen bersten
5 möcht, ha! ha! ha! — will euch die Herrchen nächstens in einem Drama aufführen wie sie unter einander stolpern, schleichen, hinken, ha! ha! ha! sollt sie sehn, hören, aus= rufen: das geht über alles! ha! ha! ha! Majestät, das sind Euch Leutchen, die die allerschiefste Imagination recht=
10 fertigen, die Unwahrscheinlichkeit zur Wahrheit umstempeln, und den allerkostbarsten Glauben in ein Hockenweib ver= wandeln, die [30] zehn Wurff für einen Heller giebt — ha! ha! ha! eine Race die nur ganz und ohnvermischt für sich allein existiren darf, — ha! ha! ha! glaubt mir es
15 geht über alles; ha! ha! ha! absonderlich von denen die ihr Gewissen so im Zaum halten, daß 's nicht einmal erschrickt, wenn man sie mit dem Namen Künstler brandmarkt; ha! ha! ha! — wie sie so da sitzen in ihrer Glori, drauf los pfuschen, wie kleine Herrgöttcher, immer drauf hinauf des
20 grosen Herrgotts seine Schöpfung zu prostituiren; ha! ha! ha! Wenn alle Sünden da angerechnet werden, ha! ha! ha! alle die verkrippelte von ihnen in die Welt gesandte Kinder gegen sie an jenem Tage aufzeugen werden, alle schiefe Nasen Sie anriechend, verzerrte Augen Sie anschielend
25 und die krumme Mäuler Sie anschnauzend, ha! ha! ha! rufen werden ach und weh über ihre Erschaffer — wie denen da die Haare überm Kopf sausen werden; ha! ha! ha! ihr könnts nicht begreifen, mit was für Liebe und Er= götzen die Hunde so rädern, ha! ha! ha! — sich Gewalt
30 anthun, das, was so natürlich grab vor ihnen da steht, mit Mühe krum zu finden, und wenn sie's endlich gefunden, sich so herzinniglich drüber freuen — daß wenn ihrs sähet Herr König, und Kenner und Liebhaber genug wäret, so recht ins Detail hinein zu gehen, ha! ha! ha! ihr lüstern würdet,
35 auszufahren von eurem eisernen Thron, in den Leib eines solchen Flegels hinein, Antheil an seiner Caricatur Freude zu nehmen, ha! ha! ha!

Lucifer (schleudert ihn weg) Lieg, du ihres Gelichters — verdammt auf der Oberwelt hundert Jahre lang als solch ein Schmierer her= [31] um zu kriechen — hündisch sich über so was zu freuen — übers Knie jezt den Zepter! (will den Zepter verbrechen.)

Berlicki, Bizlipuzli. Halt ein König!

Mephistophiles. Halt ein!

Lucifer. Woher? sprichst du zu Menschen Ruhm, fall nieder auf deinen Nacken mein Schlag — will noch alle zertretten die mir nur in Gedanken weiter Unrecht geben — hört ihr?

Mephistophiles. Bin herum geschwärmt — hin und her, auf und ab — gefunden wie du gesagt des Matten und Schwachen die Menge, des Starken, Vesten, so so — des herrlich Grosen wenig.

Lucifer. Keins, gar nichts — wer ist gros? was? kann man noch was Groses in dieser Welt suchen? — will einen einzigen grosen kennen lernen, einen einzigen vesten ausge= backnen Kerl, zu dem man sagen könnt, fix und fertig ist der — Wagstu's mir solch einen zu zeigen?

Mephistophiles. Meine Hand drauf.

[32] **Lucifer.** Höllengenie! ich bin König! ich! — eures Gleichen nehmen sich gerne viel heraus; merk dir daß ich König bin. Will nicht geniemäßig gerne gesoppt seyn, oder mich länger da pro patria herum schrauben lassen — Ists nichts, so resignir ich; nehm wer will solchen Zepter auf — Die Hölle mag wie eine verlassene Heerde sich selbst hüten — wenns auch nur einer ist, so einer, verstehst mich, wo sichs noch freut, daß man ihn hat — Mag nicht Regent seyn über solche Hundsfütter zu herrschen — oder muß ich bleiben, auf mein Feuerroß dann, und die neu angekomme Seelen mit meinen schwarzen Höllenhunden wie Haasen ver= hezt; will sie doch auf eine Art los werden. Jezt Punk= tum! die Luft hierum ist mir ganz zuwider — uh! mich peinigts; Doktor, ihr werdet zu schaffen kriegen; uh! mich

reißts in allen Gliedern gewaltig; Doktor! Doktor! uh! (kriegt Convulsionen; alle Teufel halten ihn; er schäumt) halt! halt! in die Hand mir diese schaale Weltrund daß ich sie zerdrücke, wie ein faul Ey! hinauf wieder 'n Mond schmeiß!
5 hu! hu! was frag ich darnach, mag der droben mich aufhängen, sengen, brennen, — rädern!

Alle. Seht wie er zerrt, die Fäuste ballt! hilf Doktor!

Berlicki. Still! still! ich beobacht einen der schönsten seltensten Paroxismen! — ey! ey! was Extras! wenn er
10 nur nicht [33] so schnell vorüber geht — still! alle Symptomen — daß ich mein Toll-Elyxir nicht zur Hand hab, sie noch um einen Grad zu verstärken. Schön! schön! schreib ohnehin eine Abhandlung über die Rasereien der Könige — dis kommt mir jezt treflich zu statten.

15 **Lucifer** (springt auf) Wohl! oh! der Tag befeuchtet schon die Welt — Mephistophiles, erinnere dich was du uns versprochen; erwarte dich drunten auf unserm Reichstag den wir gleich durch all' unsere Landen ausschreiben — Auf jezt! was unter meiner dunklen Fahne geschworen! will hier nicht
20 den Morgen erwarten, der schon dort an den Gebürgen heraufdämmert — folgt mir!

(Gemurmel; ab mit dem ganzen Gefolg.)

Mephistophiles. Will mich stellen (Sieben **Geister** treten auf) so bald ich hier meine Befehle gegeben — Auf! auf!
25 sieh da meine getreue Leibeigene, alle zu meinem Dienst schon bereit, meinen Befehlen gehorchend, unterschieden zwar an Willen, Art und Meinung, wie Menschen Thiere und Kräuter; aber im Punkt des Würkens sich immer im Höllen-Interesse umschlingend. — Habt vernommen was ich Lucifern versprach
30 — wolan denn! gefunden nun mein Wild, habs ausgestöbert; ihr seyd die Hunde, nun es vollends herabhetzend nach meiner Höhle. Auf dann! ihr meine dunkele Gesellen, die Liebe zu mir vereinigt, obgleich schmerzliche Liebe, ähnlich der bängsten Quaal! — Auf! auf! versenkt [34] euch und schießt umher,
35 jeder in seiner Kraft — verliehrt euch wie die Strahlen des Lichts im Schatten, unmerkbar nahet durch alle Elementen

hinzu. — Fauſt ſoll dieſe Nacht uns aus der Hölle herauf beſchwören. Er ſoll! (ab)

Alle.

Er ſoll! wir wiſſens was du heiſchſt — wiſſens und vollbringens.

Zweiter.

Wo ich ihn pack!

Dritter.

Ihn halt und drück!

Vierter.

Wo über ihn das Nez ausrück!

Fünfter.

Gefangen feſt an Leib und Geiſt, wie'n Vogel an der Stange —

Alle.

Wolan! wolan! ihr Brüder auf!
Des Morgens Schimmer graut herauf!

Erſter.

Ich flieh zuerſt — mein Werk geht ſchon
Vor mir —

[35] **Zweiter.**

Nach dir ſchwing ich den Flügel gern;
wir ſtammen beid' aus einem Stern.
Was iſt zu thun Bruder?

Erſter. Sieh hier,
Betrug hab ſchon voran geweckt,
der Bosheit Rath und That entdeckt.
Der Peitſche Knall! — hörſts in den Wind?
Der Wechsler flieht mit Weib und Kind;
führt Fauſts Vermögen jezt davon
und läßt ihm Gram und Spott zum Lohn.
Hu! hu! da bring ich noch ein Paar!
Die zog er aus der Grube gar;
verbürgt für ſie ſein Gut und Ehr —
Bruder geleit ſie bis ans Meer.

(Man ſieht durch die hintere Oeffnung Kutſch und Reuter im Sturm vorbei eilen.)

Alle.
Zur Stadt! die Morgenglocke ruft,
wo wir nicht eilen durch die Luft.
Dritter.
5 Jezt die Gläubger all zu Hauf!
Holla! holla! ihr Juden auf! (ab)
Vierter.
Fahr in die Schelmen gar hinein,
damit sie Stahl und Eisen seyn.
10 Komm hilf mir! (ab)
[36] **Fünfter.**
Streif
nur voran, ich bin dein Schweif. (ab)
Sechster.
15 Ju! heya! Brüder eilt mir nach
Das Ding geht gut — eh grauer Tag
ersteht, versinkt die schwarze Nacht;
Wollauf dann unser Werk vollbracht! (alle ab)

Ingolstadt.

20 (**Morgendämmerung. Vor Jud Mauschels Haus.**)
Jzick (klopft)
Au way! au way! (klopft wieder.)
Mauschel.
Wer is draus an mei Lade?
25 **Jzick.** Mauschelche ich, ich, mach uff!
Mauschel. S'isch noch eitel Nacht drause, ick mach die
Lade nit uf — kannst seyn e Dieb — wer bist du?
Jzick. Jzickche, kennst mich nit an di Stimm.
[37] **Mauschel.** Jau bistus? — was willt Jzick?
30 **Jzick.** Au way! au way! s'war vor mei Bett' schwarz
— so, so, mei Bärtche gezupft — au way! mein hundert
fufzig Dukate! — die Nacht durch, die ganze Nacht geträmt
vun eitel Mauserey un Schelmenstrach — so mit die Hand
hots mich kriegt. Gerufe, hell: Jzick! Jzick! wach uf!

Mauschel. Is der en Unglück paſſirt?

Jzick. Au way! gute Mauschel dir, un mir, un di Schummel, un Lebche un uns all — manſt, die zwa Mosler, die zwa Schuldenmächer — durchgegange ſind ſe heut Nachts glatt un ſchön mit alles!

Mauschel. Nu, der Fauſt hot uns vor ſie gebürgt; was willt mehr? er hot uns vor alles gut geſproche, hörſts?

Jzick. Au way! der Fauſt — was will er bürge! e Lump wie der ander — jezt ag e Lump! hörſt's guter Mauschel! heunt mit die Mosler ag fort is der Wichsler Goldſchmid, dem de Fauſt all ſei Geld geſchoße; ich war in ſei Haus; all all leer — au way! mei hundert fufzig Dukate!

[38] **Mauschel.** Daß de Hoor kakſt — de Goldſchmid fort — mei verzig Duplonen! krieg di Krenk — s'reißt mich in mei Bauch ganz kalt.

Jzick. Zieh an e Strump, e Schuch, daß mer fortkomme — der Schummel wart drunte — e Lerm, e gewaltige Lerm, hörſt — mer wölle all'ſammt wecke all mit nander den Fauſt — hörſt, is glatt caput, glatt un ſchön ſag ich — s'Lebche laft in aller früh zu die Obrigkeit rum, bohut, Vollmacht z'erlange, anzegreife all' all' des Dokters Meubels, Silberwaar, was do is, Bücher allerhand Gelds Werth, eh noch zu viel uf Seit geſchaft werd — mach fort — es bricht e klare Bankrut aus. Mauschel was e Schade! au way! — is e Gelärms un e Gelaſs überall, hätt aner nur ſechs Füß z'ſehn überall!

Mauschel. Nu ſoll mer ſage — vum Goldſchmid — wer hätt das geglabt, ſo e Mann, un ſo e Name — krieg de Dippel uf dei Kop! s'is nit wor.

Jzick. Mach fort — au way! ſchun hell Tag, wie e Licht.

Mauschel. Gleich, gleich — de Doktor mag jezt zuſehn wie er bezahlt — gucke in die dicke Bücher — hätt er geſteckt [39] ſei Naß mehr in die Leut, mehr in die Welt — wär ihm nit gepaßirt der Strach — ſo e Mann, un ſo e Gelehrſamkeit, un ſei Geld ſo e Goldſchmid anzevertraue uf e bloſe Handſchrift — Jzick wie dumm! wie dumm!

Izick. Mach fort Mauschel.

Mauschel. Er soll bleche — krig die Krenck! kannst nit warte bis ich fertig bin? Die Memme hilft schun — Izick, unser aner hätt mer Segel im Rosch.

5 **Izick.** Mach fort Mauschel!

Mauschel. Gleich, gleich — (kommt heraus) nu was's der Doktor schun?

Izick. Sag dir na — mer wolle'n wecke, de Schummel wart drunte, komm —

10 **Mauschel.** A' Wort! hulg hin zu de Schummel, will gehn zu de Magister Knellius, der a grose Bekanntschaft hat bei die Räth — is e grose Todtfeind vum Faust — soll uns verhelfe zur Vollmacht.

[40] **Izick.** Jau! jau! thus guter Mauschel, thus ag!
15 (Beide ab)

Fausts Studierstube.

(*Faust* sizt und ließt aufmerksam.)

Da müßts endlich hinkommen! Alles, oder gar nichts! Das schale Mittelding, das sich so die hintere Scene des 20 menschlichen Lebens durchschleppt — weder Ruh noch Befriedigung da zu erjagen! Ein einziger Sprung, dann wärs gethan; (ließt) — — Lieber aller Bequemlichkeit beraubt; genährt und gekleidet, so sparsam als die strengste Philosophie erduldet — nur die Kraft das auszuführen, was ich 25 nahe meinem Herzen trage; die Belebung dieser aufkeimenden Ideen — was ich mir so in süßen Stunden erschaffe, und das doch unter Menschen Ohnmacht wieder so dahin sterben muß — wie ein Traum im Erwachen — daß ich mich so hoch droben fühle; und doch nicht sagen soll: bist alles, 30 was du seyn kannst — Hier, hier steckt meine Quaal — es muß noch kommen — muß — Mit wie vielen Neigungen wir in die Welt treten — und die meiste zu was Ende? Sie liegen von ferne erblickt, wie die Kinder der Hoffnung, kaum ins Leben gerückt; sind verklungene Instrumente, die weder begriffen noch gebraucht werden; Schwerdter, die in ihrer Scheide verrosten — — Warum so gränzenlos am Gefühl dis fünfsinnige Wesen! so eingeengt die Kraft des Vollbringens! Trägt oft der Abend auf goldnen Wolken meine Phantasie empor, was kann was vermag ich nicht da! wie bin ich der Meister in [41] allen Künsten — wie spann, fühl ich mich hoch droben, fühl in meinem Busen all auf= wachen die Götter, die diese Welt im ruhmvollen Loos, wie Beute unter sich zertheilen. Der Mahler, Dichter, Musikus, Denker, alles was Hyberions Strahlen lebendiger küssen, und von Prometheus Fackel sich Wärme stiehlt — Möchts auch seyn, und darf nicht — übermann es ganz unter mich in der Seele, und bin doch nur Kind wenn ich körperliche Ausführung beginne. Fühl den Gott in meinen Adern flammen der unter des Menschen Muskeln zagt — — Für was den Reiz ohne Stillung! — oh! sie müssen noch alle hervor — all die Götter die in mir verstummen, hervor gehen hundertzüngig, ihr Daseyn in die Welt zu verkündigen — Ausblühn will ich voll in allen Ranken und Knospen — — so voll — voll — — — es regt sich wie Meeres Sturm über meine Seele, verschlingt mich noch ganz, und ganz — wie dann? soll ichs wagen darnach zu tasten? Es ragt über mir und bildet sich in den Wolken ein Collossus, der das Haupt über den Mond streckt — Muß, muß hinan! — du Abgott, in dem sich mein Inneres spiegelt — wie rufts? Geschicklichkeit, Geisteskraft, Ehre, Ruhm, Wissen, Vollbringen, Gewalt, Reichthum, alles den Gott dieser Welt zu spielen — den Gott! — Ein Löwe von Unersättlichkeit brüllt aus mir, der erste, oberste der Menschen; (wirfts Buch weg) Weg! verstöhrst mich — mir schwindelt 'sGehirn; reissest mich da nieder wo mich erheben willst; machst ärmer in= dem du von ferne zu reiche Hoffnungen zeigst — was ist das?

(Sizt in Gedanken, man hört von außen die Juden lermen.)

[42]　　　　**Wagner** (hereinstürzend)

Um Gotteswillen!

Faust. Was für Lerm?

Wagner. Ey draussen!

Fauſt. Wie? was plagt dich wieder, lieber Grillen=
fänger? Komm her, ſprich zuvor — biſt krank Wagner?
deine Augen voll Trähnen —

Wagner. O! ich wollt ich wär im Himmel! dieſe
Welt —

Fauſt. Daß dir doch immer das Leben zur Quaal wird
— kann dich nicht begreifen — Junge, unſere Herzen
weichen beide aus ihrem engen Zirkel; aber deines ſchwebt
höher droben — die Welt könnte mir alles werden, und
dir — du findeſt nichts unter der Sonne, an dem deine
Liebe ganz haften mögt.

Wagner. Ach Minchen! Minchen! Ihr wißts nicht;
Minchen iſt ja mit ihrem Vatter davon — euer Vermögen,
der Goldſchmid, die Mosler, alles! die Juden draußen —
ohnmöglich! ohnmöglich!

(Will ab, Fauſt faßt ihn, man hört die Juden ſchreien und lärmen.)
[43] **Fauſt.** Halt! halt! muſt ausreden, kommſt mir nicht
von der Stelle los, was iſts ha? wie?

Magiſter Knellius Stube.

(Tiſch worauf Papiere, Schriften, Bücher, und Briefe in Un=
ordnung hingeſtreut liegen.)

(Sandel hinkt am Stock.)

Knellius.

Verzeihn ſie! da bin ich wieder Herr Sandel; den
Augenblick alles ausgemacht! ein Wort! — und wie der
Bliz — Die Juden haben die Vollmacht an Fauſts Ver=
mögen, Bücher, Hausrath ꝛc. ꝛc. iſt doch billig daß man
ſich ein wenig der armen Teufel annimmt, damit ſie nicht
alles verlieren; die Menſchlichkeit befiehlt das — von hier
aus kann man grad ans Haus ſehn — wie die Juden ein=
ſtürmen — ſehn ſie doch Herr Sandel — das wird des
Dokters Muth ein wenig darniederlegen; ſo auf einmal alles
verlohren und noch obendrauf die Proſtitution —

Sandel. Wie das freut! ha! ha! ha! ey! Sackerment!

's laus Dintenfaß da, hätt mirs fast übern Leib gegossen. Ey! ey! mein Fuß! ey! (sizt)

Knellius. Sieht ein wenig gelehrt, heißt das, schweinisch, unaufgeräumt bei mir aus — Nicht wahr Herr Sandel trinken doch'n Schälchen Schocolade bei mir? extra feinen; hab [44] ihn von einer Dame Präsent bekommen, der soll Ihnen ihr Podagra verjagen —

Sandel. So? warum kann er den Faust nicht leiden Herr? ey! warum? sag er mir! warum?

Knellius. Ist ein Narr, Herr Sandel.

Sandel. So?

Knellius. Mit dem kein ordentlicher Mensch sich vertragen kann; ein Haasenfuß, ohne Sitten, mit einem Wort ein Genie —

Sandel. Ha! ha! ha!

Knellius. Da arbeit ich eben an einer Disputation wider ihn — kann mich jezt ohnmöglich viel mit solch belletristischen Kleinigkeiten abgeben — bin zu sehr mit solidern Geschäften occupirt — dann und wann so ein Augenblick, ein Stündchen zur Erhohlung, zum passer le tems, nicht anders.

Sandel. O natürlich! — der Herr hat immer zu viel zu thun — überhaupt, alles wendet sich an ihn — der Herr [45] muß immer für andere rennen und laufen — das frißt Zeit — — — ha! ha! ha! — so den Minister, Protector zu spielen — ha! ha! ha!

Knellius. Meine grose Uebersetzung Herr Sandel, die frißt Zeit weg — dis weitläuftige Werk, worauf das ganze gelehrte Teutschland aufmerksam ist — von so weitem Umfang, wozu Riesenarme eines Halbgottes gehören, und das ich mich erkühnet allein zu unternehmen.

Sandel. Schwerenoth! was ist denn das für ein Werk?

Knellius. Die Uebersetzung des chaldäischen Corpus Juris mit Noten und Erläuterungen verschiedener arabischer Scribenten.

Sandel. Chaldäisch versteht er einmal nicht; wo kriegt er denn die Leute her die übersetzen? —

Knellius. Vor Geld und gute Worte finden sich überall Leute, die das schon so grob oben weg zu machen wissen; muß es doch hernach erst polieren — eigentlich ist das 's lezte für das ich immer sorg; erst für Pränumeranten und dann fürs Privilegium.

[46] **Sandel.** Herr, das Buch ist schon übersetzt heraus — hab's selbst in meiner Bibliothek — er hat gelogen, da er sich in den Zeitungen als der erste annoncirt hat.

Knellius. Wie? wie? Herr Sandel? Nu wenns auch schon da wär, der erste oder der zweite, das thut ja nichts zur Sache — ein jeder überzeugt sich selbst und schrei't hin, so laut er vermag: ich bin der erste! das Publikum mag hernach glauben wems will.

Sandel. Aber tausend Sackerment! ey! mein Bein! — s'ist hundsfüttisch Herr! spitzbübisch!

Knellius. Ah Possen! ha! ha! ha! Possen! Herr Sandel ein jeder demmert auf diesem Erdenrund sein Fleckchen wie der andere; ein jeder hat so viel Recht wie der andere. Wer heißt die Lümmels mir alle gute Einfälle vor der Nase weg schnappen, die ich vielleicht in futuro auch noch haben könnte — Und wenn auch der eine erfindet, der andere cultivirt's weiter — Die Art mit der man heut zu Tage eine Sache thut, macht alles, Herr Sandel — Vaterlands= liebe! Menschenliebe! Liebe zur Ausbreitung der Litera= tur; ꝛc. ꝛc. ein wenig wohlfeil, Vignetten — was nur so in die Augen leuchtet, Sächelchens, die einer wenn ers nur im geringsten mit dem [47] Verleger versteht, anderswo hundertfältig wieder einzubringen weiß — omne tulit punctum — Geld Herr Sandel! Geld regiert die Welt! Wer Geld hat, hat Genie und Verstand; Geld ist mein Genie, und Lorberkranz, und wenn ich das hab, pfeif ich auf alle Lorberkränze, wo sie auch herwachsen.

Sandel. Hätt' auch nicht sonderlich Ursach mehr, darnach zu haschen, ha! ha! kam schon wüst ins Gedräng — ist schon so zusammen geritten worden, daß ihm der Appetit nach Lorberkränzen vergehen sollt — Magister, die Wahrheit, er hat schon wüste Püffe gekriegt.

Knellius. Ah so — ha! ha! ha!

Sandel. Nicht ah so — sondern in optima forma — Sieht er, daß gefällt mir jezt wohl an ihm — daß er die Poeterei ganz auf Seite geschmissen, und sich mit was anders abgiebt, das ihm vielleicht besser zur Hand schlägt.

Knellius. Ich auf Seite geschmissen — auf Seite geschmissen — im Gegentheil, jezt will ich erst recht anfangen — Meine Elegien sind in ganz Deutschland als erbärmlich ausgepfiffen worden — weiß alles warum — kenne die Cabalen — aber das soll mich nicht schrecken; jezt will [48] ich erst hervorrücken all den scheelsichtigen Recensenten Flegeln zu Truz; hervorwischen mit zehn, zwanzig, dreißig, hundert auf einmal, hier und da und dort, daß sie nicht wissen wie und woher — und da will ich feuern mit den übrigen die ich an der Hand habe, daß sie meynen sollen der Himmel bliz über ihnen zusammen — Nein mein werthester Herr Sandel, da kennen Sie mich noch nicht — wer nachgiebt hat verlohren; wer zuerst aufhört, hat Unrecht in dieser Welt — Ausgehalten, bis aufn lezten Mann, sollt einer auch drüber zu Kraut verhackt werden — Das lezte Wort, das beste Wort! gut oder schlecht, all eins — wenn zehn, zwanzig schrein: das ist nichts nuz, muß man vierzigmal wieder entgegen schreien: ihr verstehts all nicht, und denn hinter ihre eigene Sachen hergehn wie's auch ist — noch so groß, thut nichts — Streiten mit grosen Männern, macht immer Aufsehen und Lärmen, und wenn man auch zertreten wird — thut nichts; man wird doch immer in der Polemick neben einem grosen Namen genannt — und dann bleiben ja noch so viele übrig, mein lieber Herr Sandel, bei denen unser einer auch Recht hat, und noch Patronen, bei denen es oben drauf noch was einträgt.

Sandel (auffstehend) Aber am End Magister, wenn der Patron so merkt, daß hinterm gelehrten Mann im Grunde

doch ein fauler Fisch steckt — wie dann? — die Thür
Magister! er weiß wie das zu gehen pflegt.

[49] **Knellius.** Spaß Herr Sandel; wenn der Fuchs Drohungen scheut, wird er sein Lebtag nicht fett — Die Weiber
5 sind meine Haken, mit denen ich nach den Männern angle
— hab ich das Weib einmal, was will der Mann — Es
gehört Uebung dazu, sich durch die Welt zu schicken, und
einem armen Teufel gehts oft hinderlich genug — Sottisen
und Weiber-Launen mit einem lächelnden Gesicht von sich
10 weg zu paucken, und eine unangenehme Pille nach der andern
zu verschlucken, ohne sein Ziel darüber aus den Augen zu
verlieren, dazu gehört desperate Courage; und ein Kerl der
das vermag ist in meinen Augen kein Hundsfott — Jeder
Bube kann seinem Humor nachlaufen, jeder Narr, jedes
15 Genie; aber Leute denen man fatal ist, an unser Gesicht zu
gewöhnen, sich troz aller Heterogenität mit andern in eine
Gesellschaft einzupassen — — Herr Sandel die Chocolade
ist fertig — kommen sie — ist doch alles in der Welt nur
pro forma, pro forma, was wir leiden, wo unser Interesse
20 impliciret ist; haben wir einmal was wir wollen, die Leutchen gebraucht wie wir wollen, dann lachen wir — ha!
ha! ha! atachement und Ehrfurcht blas' mir in Hobel!

(Ein alt Weib bringt Chocolade, und sezt ihn auf'n Tisch.)

Knellius (gießt ein) (Man hört einen Lerm auf der Straße.)
25 Was ist das! — a ha! sehn sie Herr Sandel, Soldaten
und Gerichtsdiener ziehen in Fausts Haus hinunter; [50] wird
ein schön Gepäck geben — wollen unsern Spaß haben —
— sehen wie die Juden weg schleppen — der Faust weiß
nicht was ihm noch grühnt — — wenns da nicht auslangt
30 Herr Sandel, kanns ihm an Kragen gehn, daß man ihn
noch bei den Ohren festnimmt und eincarcerirt.

Sandel. Er ist ein Esel — wie kann man daß? für
andere Schelmen alles hergeben, und noch dazu —

Knellius. Die Gerechtigkeit Herr Sandel — ein altes
35 Sprichwort. Bürgen muß man würgen Herr Sandel. Warum
hat ers gethan, damit geprahlt — ha! ha! ha! meine Dis-

putation freut mich nur, wie die noch vor ihrer Existenz scheitert — er wär wüst gekämmt worden — hab so recht all meine Galle hinein gebracht.

Sandel. Doch auch ein unterthäniges Rauchwerk dem Herrn Mäcen — ey — so schlag ihns — muß er mich just da an mein link Bein stoßen.

Knellius. Nicht böß gemeint Herr Sandel, kommen sie, wollen die Chocolade drüben im grünen Zimmer nehmen, können gemächlich sehn was unten auf der Straße paßirt — lustig eh er kalt wird — (nimmts Chocoladebrett)

[51] **Sandel.** Hört ers — geh er zu allen Teufeln mit sammt seinem Chocolade — will seinen Chocolade nicht versuchen; hust ihm in seinen Chocolade! — Er Flegel! Er Esel! — (hinkt an die Thüre, und dreht sich.)

Hört ers daß er mir in der Stadt nicht sagt, hab mit ihm Chocolade gesoffen — sonst — sonst — (Winkt mit dem Stock, ab)

Knellius (stellt wieder nieder) Der alte Kracher — mich so zu beflegeln — — der Henker! hats ihn vielleicht ver= drossen, daß ihn der Juden wegen so allein da sitzen ließ — will's gleich erfahren wenn ich seiner Alten ihre runz= lichte lederne Hände einmal küsse — Was hab ich denn gleich bei der Hand ihr vorzulesen (greift in alle Säcke.) war eine schöne Gelegenheit dem Faust hinter die Rippen zu kizlen; hätte den Juden gleich auf der Stelle küssen mögen, der mir sie verschafte — ha! ha! ha! gelt Herr Dokter! was ihn das ärgern, grämen, grimmen muß — seinen Hoch= muth, der den Wolken entgegen lief niederstreichen muß — soll noch besser kommen; so lange der in Ingolstadt existirt, schlaf ich nicht ruhig — ist mir ein Dorn in meinen Augen bei Tag und Nacht — — wenn ichs nur dahin bringen kann, daß er jezt fest gesezt wird — die Juden — laß sehen Knellius, hast ja noch Kopf und Leute an der Hand was auszuführen — gut — will alles anspannen — Aber Bliz! da verspät ich mich mit Monologiren — indessen der alte Podagrämer mir da=[52]von schleicht, in der Idee als hätt er

mich beleidiget. Das ist kein Teufel nutz, macht eine gewisse
Lücke in der Conversation, eine gewisse Unbeholfenheit, die
gar nicht zu meinen Planen zweckt; der Kerl nimmt mich
denn gleich genauer aufs Korn — Chocolade hin, Chocolade
5 her, muß den Augenblick nachlaufen, und ihn mit ein paar
närrischen Histörchen wieder herumbringen — Wenn man
nie schreit, ist man nie troffen worden. Spaß ist kein Spaß,
wenn man nicht darüber lacht; Sottise keine Sottise, wenn
man sich nicht darüber ärgert — überhaupt mein Principium
10 mit Leuten die einem nutzen können, muß man's nicht so
genau nehmen.

   S c h w a m m bucklicht, B l a ß stollfüßig, A m s e l einäugig,
    A h a s v e r u s stammlend.

  Alle. Empfehlen uns Herr Magister.

15   **Knellius.** Ey! meine liebe, liebe, liebe Freunde, herzlich
willkommen! den Augenblick wollt zu Ihnen gehen; (küßt jeden)
Hab nothwendige Sachen zwar nicht von Wichtigkeit, aber
doch so, so — Gespaß, Einfälle, wozu sie mir vor allen
behülflich seyn können.

20   **Alle.** Wir sind ihre Diener.

  [53] **Knellius.** Freunde, liebe, gute Freunde, ohne alle Compli=
mente. Herr Ahasverus sie müssen mein Herold in einer
Sache werden.

  Ahasverus. Sch — sch — sch — steh, steh, zu, zu, zu,
25 Be, Be, Befehl.

  Knellius. Aber eilen müssen wir; kommen sie, kommen
sie; will Ihnen alles unterwegs sagen — noch einmal, von
Herzen mir willkommen meine liebe! (küßt jeden)

  Blaß (der Stollfüßige) Hat uns nur darum lieb, weil er
30 unter uns einem ordentlichen ganzen Kerl gleich sieht — wie
er uns zusammen gebracht, den, den, und den, und mich —
Schande wenn wir uns so untereinander ansehn.

Straße vor Goldschmidshause.
Wagner. Eckius.

Eckius. Wie gehts Wagner? Trippelst wie ein verscheucht Hinkel in den Straßen herum — Wie ist dirs?

Wagner. So so — wie du mit allem Witz nicht ausholen kannst. Mir ist wohl, und nicht wohl, und doch [54] wohl — ich wollte du thätest mir die Liebe und fragtest darüber nicht weiter —

Eckius. Wenn dir meine Invitation nicht behagt, kann ich dir nicht helfen — Wo ist denn der Doktor?

Wagner. Zieht allein mit dem Degen unterm Arm hin und her; scheucht alles von sich was ihm nahen will —

Eckius. So seine Manier, wenn ihm was im Hirn rum geht. — Hat er recht gespien, wie er die Nachricht vernahm?

Wagner. Er knirschte mit den Zähnen, und lachte; stieß denn ein paar saure Worte aus, und ging schnell in einen misantropischen Humor über, worinn er die Welt und seine eigene Tollheit persiflirte, indem er sich eine Spielkatze der Fortuna nennte, die sie nach ihrem Capricen herumhudelt; einen Affen, den der Fuchs in den Korb geplaudert, und indessen die Eyer verzehrt; einen Pfannenflicker, ꝛc. ꝛc. — — weißt schon wie ers treibt, wenn einmal seine Imagination rege wird —

Eckius. Hat im Grund nicht viel zu bedeuten — ist keiner von den hohlen Tonnen, die gleich gewaltig von innen [55] hervorhallen, wenn das Glück von aussen nur im geringsten an sie anschlägt; einer von denen, die innen voll Lieblingsideen gepropft, umhergehen, ganze Jahre lang eine Idee herumtragen, und sich so in ihr verweben und verhängen, ganz in ihr denken und leben, daß alles neue plötzlich um sie herum entstandene nicht so stark auf sie würken kann; und wenn auch, doch nur momental, weil die Seele mit eigener Fracht überladen unter neuer Aufnahm erliegen müßt. Thut euch mit einander trösten — was man nicht mehr hat, hat man nie gehabt, und damit aus dem Sinn!

Wagner. O wenn's darauf ankäm, wollt dir auch predigen und sagen was gut ist — aber du weist nicht alles! — Wenn sagen und thun einmal in der Welt in gleicher Uebung ist, hernach an meinem Platz Eckius, würdest vielleicht
5 anders reden.

Eckius. Pfui! was wär das! Siehstu mich vor eine angefleckte Leimenwand an, die der erste Sturmregen verwässert und verrüttelt — Gesunde Nerven, und's Herz frey, bäumt sich's über jeden Zufall leicht hinaus — — Fluchen,
10 schelten, schreien, über eine Lumperei lärmen, das laß ich mir gelten; 'n braver Kerl kann wohl sich ärgern, auch vor Zorn und Galle oben drauf die Schwindsucht kriegen, wenn zu viel Hundsfüttereien ihm übern Leib fallen und drohten — aber das [56] ist auch alles; zum wimmern wird mich
15 nichts leicht bringen. — Wein und Bier und Wasser ist mir einerlei! wo's auf diesen Punkt ankommt — Bin der Jurisprudenz entritten; aber würf mich's Glück so, daß morgen Matrose werden müßt, glaubst würd da um ein Haar wen'ger Eckius seyn? Poßen! der Faust ist in diesem
20 Punkt noch ein ganz anderer Kerl — und du bist ein angehauener Schacht, der noch erst der Welt zeigen muß, was für Metall in ihm wächst — Bei der ganzen Pastete dauren mich die zwei Mosler, die des Goldschmids Mädel über diese Begebenheit zu Bärenheuter gemacht; waren keine übele
25 Leute —

Wagner. Peinigst mich — Goldschmids Töchter? sie? — viel mehr haben die niederträchtige Schusten den Vatter verführt, die Mädchen zu erhalten — ganz gewiß — ich kenn auch seinen Eigennutz; aber so weit hätt ers gewiß nie ohne
30 andere Verstärkung gewagt — und wer konnt die geben? — Minchen die tugendhafte Seele würde allein widerstanden haben, würde mit ihren Trähnen so gleich den Entschluß ihres Vatters zu Boden gelegt haben, wenn sie nur im mindesten Verrath und Betrug geahndet — und du vergehst
35 nicht darüber sie so was fähig zu halten? den Engel! wirf Feuer auf'n Altar, brenn Kirch und Kloster nieder — thust

verzeihlichere Sünde als in der Gewalt so harter Beschuldigung der reinsten Unschuld.

[57] **Eckius.** Bist brav Wagner — aber wenn dir einmal der Bart einen Zoll hinauf in die Backen gewachsen, wirst bis dahin mehr erfahren, und vermutlich über diesen Punkt was anders denken gelernt haben — Mir ist die weibliche Natur eine hohe respectabele Natur; hony soit qui mal y pense; aber auch eine sehr winkelhafte Natur, über die der behendeste schärfste Schütz sich verfehlt im lieben und geliebt werden, hoffen und verlangen. Es färbt und mahlt, und schildert gleich so alles nach seinem eigenen Lichte. Die Mädchens und Buben sind gar lustige Dinger unter der Sonne. Narr 's hatt mich ein wenig stutzig gemacht, wenn ich wohl bemittelte und reich beamtete Jünglinge gesehen, die Wunders hoch in der Rechnung bei ihren Liebleins zu stehen glaubten, und am Ende doch nichts anders als nur der Bräm auf ihren Mänteln waren — wofür sie auch galten. Adieu lieber Junge — hör dort eben ein paar Degen an einander wetzen — Nu, kommstu diesen Abend zum Fressen auf meine Stube?

Wagner. Zum Nachtessen schwerlich, aber noch immer zeitig genug ein paar Worte mit euch zu plaudern.

Eckius. Bedenk was ich gesagt. Ich, Herz, und Kölbel reisen bald von hier nach Straßburg zurück; wenn du dort mit und unter uns leben willt, bistu Patron. (ab)

[58] **Wagner.** Alles untereinander! — Ja wer das ganz ins reine bringen könnt — das Hirn fällt mir fast zum Kopf heraus — Faust — Faust — an deiner Stelle, ich wüßte nicht was ich thät — wüßte nicht, wo's mit mir hinkäm — und wie ich dich kenn, ich fürchte mehr für dich in dieser Lage, als alle deine übrige Freunde nicht wähnen — Deine arme gute Anverwandte, denen du einen Theil der reichen Erbschaft noch schuldig bist — und nun du selbst alles verlohren, zugleich mit verlohren was Ihnen gehört! — ihr Eigenthum, nicht deines! — es ist nicht zu ertragen wie sie sich über deine Redlichkeit freuten, (zieht ein Papier heraus) mir

schrieben — unser Vetter Johann — segne ihn Gott für seine Redlichkeit! wir alle danken ihm und wollen mit ehestem einen Vertrauten zu ihm hinauf schicken, der das, was er für unser erkennt, in aller Nahmen empfangen soll; es kommt uns sehr zu gut — die Thränen kommen mir in die Augen; und jezt wenn sie's erfahren — Einer ist schon auf dem Weg hierher, in ihrem Namen alles zu empfangen und abzuholen Mir schaudert die Haut! Was man nur sagen kann und soll — will mit Fleiß immer hierum auf und ab= gehn; dort im Ochsen kehren gemeiniglich die von Sonnen= wedel ein; ob ich auch den Abgeschickten nicht antreffe, ihn wenigstens abhalte daß er nicht in dieser Lage dem Faust übern Hals falle — Gut schwätzen und sich mit Philosophie, und Vernunft durchhelfen — aber wer in der Klemme steckt, weiß immer am besten wie's thut —

[59] Marktplatz.
(Faust den Degen unterm Arm.)
Faust, Kölbel.

Faust. Immer den Buben zu spielen, mit giftiger Zunge über die Sterne zu fluchen, unter denen man gebohren ward — jede gemeine Vettel hat das zum Ausweg! — Hohn und Spott ist meiner Seele Nacht und Abscheu — aber so weit ist's auch noch nicht mit mir gekommen, daß ich dis fürchten müßt. Es lebet was in mir, das über alle Erniedrigung erhaben ist —

Kölbel. Lieber Doktor! —

Faust. Ich seh es in Gedanken, und hasche darnach —

Kölbel. Hörstu! Bruder Faust!

Faust. Wenn ich's wage — der grose kühne Gedanke der über mir schwebt — zu weit erhaben über kleine Köpfe — der Athem verläßt mich in freier Luft — Ha! bist du da? — wie geht's Kölbel?

[60] **Kölbel.** Ohn fernern Eingang Bruder, noch weitläuftige Condolenz über das was dir paßirt — komm hierher dich

zum Nachtessen zu invitiren. Eckius und ich, suchen dich
schon eine gute halbe Stunde, beliebts?

Faust. Dank euch — aber haltet mirs zu Liebe, bin
heut nicht sonderlich dazu aufgeraumt.

Kölbel. Hätteſt herrlichen Spaß haben können. Zwei
Mädels von Straßburg ſind hier angekommen; alte gute
Bekanntſchaft von mir, mit einem Knaſterbart von Onkle,
der den Argus über ſie macht. Das Ding war Anfangs
äuſſerſt übel, man konnt' vor dem Alten kein Wörtchen an
Mann bringen; immer hat ihn das Wetter dazwiſchen. Eine
allein auf Seite zu kriegen, daran war nun gar nicht zu
gedenken, und ob er gleich ein groſer Zeitungsneuigkeiten=
Liebhaber war, und ich Kerlchens genug mitbracht, die nun
einander ſich faſt die Lunge ablogen, den Ketzer immer auf=
merkſam zu erhalten, halfs doch nichts; ſah er, daß ich eine
oder die andere nur mit der Hand berührte — gleich da=
zwiſchen geſchnüffelt, Ey! Ey! Ey! was giebts denn da?
und machte dabei ein Geſicht, wie eine Papierſcheere, die man
auf und zumacht, indem immer Naſe und Bart beide gleicher
Länge, einander beſtändig küßten, wenn er ſo was übers
Zahnfleiſch wegraffelte — Endlich half [61] uns Herz aus;
der Gaudieb verkleidete ſich heut früh, legte die Kleider von
ſeiner Hausfrau, der dicken Schneiderin an, rieb ſeinen blauen
Bart mit Röthel und Bleiweis, daß 's ein Elend war; ich
mußt ihn dort als eine Bekanntſchaft von mir unter dem
Namen der Frau Conrectorin dem Alten und ſeinen zwei
jungen Bäßchen vorführen — und da hätteſtu den Teufel
nur ſehen ſollen, wie er das ſo meiſterlich ineinander gemacht
— O es war zum freſſen! — der Kerl iſt zum größten
Commedianten gebohren — kurzum, er wußte den ſo zu
ſtreichlen und einzunehmen — ein Spaziergang wurde vor=
geſchlagen, Herz hing ſich in Onkels Arm und zog ihn mit
ſich voran, ich mit den Mädels hinten drein, und huſch in
ein Nebengäßchen hinein, eh der ſich's verſah — Nun ſitzen
ſie auf meiner Stube, und mein Hauswirth, der alte Poda=
krämer Sandel, der ſich mit ſeinem Weib des Magiſter
Knellius wegen brouillirt hat, hält ſie als meine zwei Bäßchen.

Suchte gleich), um dich bei dem Spaß zu haben; sind zwei muntere fidele Mädels — komm mit? hörst! — wie? was? er hört nicht auf mich? was fehlt dem? Davon mit dem Geist! — Sieht umher wie einer der im Schlaf um=
5 geht. — Was murmelt er zwischen den Lippen — Faust!

Faust (vor sich) Schande wärs abzustehen — gefährliches Unternehmen! und doch Schande! — Was ists das meine Gedanken so zusammen faßt, und immer nach dieser Aussicht hindreht. Wo alle Gaben des Glücks vor meinen [62] Füßen
10 hingestreut da liegen — Meine Seele sträubt auf, und ahndet irgend ein gefährlich Wesen umher, das sie fangen will — der Instinkt der Taube, die den Marter am Schlag spührt — Dis Beben und Klopfen, es geht um mich herum und herum, dorthin und dorthin, will's immer mit mir — was
15 es auch ist, ich will ihm folgen. Ha! diese goldene Träume die um mich herspazieren und sich in mein inneres hinein= spieglen — sind zu lieblich im Anschauen, zu schmerzlich sie wieder zu verlassen, wenn man sie einmal gesehen. — Warum zag ich denn? — Weg! ein andermal mehr darüber. Vor
20 jezt was ist gleich zu thun? — hin ist hin; und ich habe auch schon den Quark von Verlust vergessen — Vielleicht wollt's Schicksal so; — Mußten sich auf meinem Rücken vom Untergang retten, war ich der Mackler sie wieder mit dem Glück auszusöhnen, und mir ist die Anwartschaft auf
25 eine erhabenere Stelle verliehn — nur das einzige — es greift mir in die Seele — was werd ich meinen armen Verwandten jezt geben! — Ihre Hoffnungen so hintergangen; es ist zu arg! — doppelt, doppelt, mir anvertrautes Gut, so unachtsam zu verschleudern (zieht ein Beutel unterm Mantel
30 hervor) Mir fällt was ein — ja, ja — muß erst alles pro= bieren; überm Geschwätz verliert man endlich alle Activität — das will ich — gewinn ich nur so viel wieder, zum Theil die so lange zu befriedigen, bis daß ich dorthin näher komme, dann wär ich ein Weilchen ruhig. — Dis mein ganzer
35 Rest —

[63] **Kölbel.** Nun will doch sehen, wann er wieder zu sich selbst kommt — jezt athmet er leichter und blickt gelassener

umher — ist er vielleicht nicht wohl? — was er mit dem Beutel in der Hand will?

Fauſt (vor ſich) Zu wenig, und zu viel in meiner jezigen Stellung — gut denn — draußen vor der Stadt verſammelt ſich gegen das öffentliche Verboth in ödem finſtern verfallenem Thurme, wo Eulen und Geſpenſter bei Nachtzeit herbergen, heimlich eine Geſellſchaft Spieler; vermummt und maskirt ſchleichen zu Ihnen nur Leuthe die mißvergnügt mit Gott und Welt, oder junge Waghälſe oder andere mit Elend be= ladene, am Rand des Verderbens ſchwindelnde, dort Troſt und Hülfe gegen das Unglück zu ſuchen, das ſie auf allen Wegen hezt; die, wenn ſie das lezte hier gewagt, hernach auch mit Recht ſich der Verzweiflung ganz in die Arme werfen dürfen — Dieſe Geſellſchaft will ich heute vermehren; gewinn ich nur ſo viel, meine Verwandten zu befriedigen, wolan ſo iſt mir wieder eine Weile wohl. Will ſehen wie's geht; verlier ich — immer hin; mir bleibt am Ende doch noch mein lezt Refugium — — Wie! Bruder Kölbel noch hier? Ich dacht du wärſt ſchon weiter —

Kölbel. Du warſt in tiefem Nachdenken begriffen Bruder —

[64] **Fauſt.** Ach ja! — mir fiel ſo was aus den vorigen Zeiten ein — die Zukunft und die Vergangenheit ſind's immer, wornach wir Menſchen unſere meiſte Blicke wenden; wir ſehn uns oft gröſer in der ſchmeichlenden Zukunft, und müſſen, um wieder die richtige Proportion zu treffen, die Vergangenheit zur Hülfe nehmen, die denn den wahren Spiegel vorhällt, und uns weißt, was wir werden können, indem ſie zeigt was wir waren. — Wie, ſagteſt du mir nicht vorhin noch was anders?

Kölbel. Sprach viel, du merkteſt aber nicht darauf.

Fauſt. Bin in einem wunderlichen Humor heute — Mir iſt nicht wohl; doch das wird ſchon wieder vergehn — leb wohl Bruder — grüß mir deine Cameraden — habe noth= wendig an einen Ort zu gehen. (ab)

Eckius (tritt auf)

Kölbel! wo lauft denn der hin? wie iſts? kommt er

diesen Abend? — Kölbel du bist ein herrlicher Kerl von Lebensart, die Mädels so allein auf deinem Zimmer hocken zu lassen — schön! schön!

Kölbel. Seit wann kommts dir ein, über diesen Text zu predigen? — Ich glaub' eine von meinen Bäßchen hat [65] dich überrumpelt — Horch, daß du mir nur nicht an die Blonde gehst — Was Henkers! so gar deine Schuh und Schnallen heut geputzt? — Ja, jezt ists aus —

Eckius. Narr, es muß mir doch einmal kommen — bin ja bei dir in guter Kameradschaft; werd' doch beim Element etwas profitiren — —

Kölbel. Den Faust kriegen wir heut nicht — Es fliegt ihm noch zu viel durchs Hirn; der stand vorhin da, wie einer der in einer Versteigerung gern mit bieten möcht, und doch kein Geld im Sack hat. Die Augen und Lippen zielten nach was — aber die Worte blieben in der Gurgel stecken. — Wie stehts mit dem Herz?

Eckius. Gut; der soll bald erlößt werden — Hab dem Alten so eben ein Quartier beim Bartkratzer Atzel gedungen, der ihn in sein hinterst Kämmerchen im Hof, den Mittag über einsperrt, und zum Zeitvertreib ihn eine Weile Balbiren, Klystiren und Laxiren machen soll — der Kerl freut sich wie ein Narr darauf, daß er einmal wieder solch ein Gespaß unter die Finger kriegt.

Kölbel. Der Donner! daß ihm aber auch ja kein Leids geschieht. —

[66] **Eckius.** Dafür laß mich sorgen — Warm Wasser wird er brav in den Leib bekommen; das ist alles — weiß sonst kein Mittel ihn los zu werden — der dicke Herz, was der flucht und schwizt — solltest ihn nur'nmal durch die Straßen patschen sehen! ha! ha! übern Markt, durch die Mühlen, über die Brücke — durch alle Winkelgassen, in Hoffnung ihn los zu werden — Am Spital zog er ihn durch den Kandel= unrath; aber alles vergebens! Panzer klammerte sich mit beiden Händen nur noch fester an ihn, und behammelt und besaute Herz zugleich mit; indem er immer rück= und vor=

wärts mit dem Kopf nach den Teufelskindern, seinen Canaillen Niecen schrie. Die Ungeduld übermannte endlich Herz, und er fieng so heillos zu donnern an, daß dem Alten alle Knie und Beine zitterten — und ich vor Lachen durchgehen mußte. Will ihn jezt gleich aufsuchen.

Kölbel. Geh, sieh daß du ihn losbringst — der gute Teufel thut doch alles unsertwegen.

Eckius. Was für eine Erscheinung!

Gottesspürhund.
Eure Hand! ihr seyd Faust.

Kölbel. Freund, wer sagt ihm das?

[67] **Gottesspürhund.** Was man nicht sehen kann — eigentlich Physiognomick versichert michs.

Kölbel. Ein Beweis, daß sich die betrügen kann. Bin Faust nicht.

Eckius. Physiognom? Ha! so schaut mir doch auchmal in die Fratze.

Gottesspürhund. Meine Augen haben euch verwechselt — du bist Faust.

Eckius. Herr! nochmal fehlgeschossen — bin so wenig Faust, als ich der Seckler bin, der euch eure lange Tolpatsch= hosen genähet.

Gottesspürhund. (Dreht sich nach seinem Lehnlaquais der im Grund steht) Wieder einmal durch solch einen Hundsfott mich prostituirt. Aller Effect jezt hin —

Kölbel. Im Grund immer Vergnügen, für einen Löwen oder Elephanten angesehn zu werden, wenn man nur Marder und Dromedar ist — Guter Freund, dieser hier ist Eckius, Doktor der Rechte, und ich, Kölbel, beide Fausts Freunde — Darf ich iezt fragen, wen wir vor uns haben?

[68] **Gottesspürhund.** Bin Spürhund, aus der Schweitz.

Kölbel. Woher?

Eckius. Aus der Schweitz, sagt er. —

Kölbel. Ein schöns, liebs Land, die Schweitz, wo noch reineste Sitten, wahrer Menschensinn und Freiheitsgeist hier und da im Schwang gehen — War auch drinnen; mich freuts immer von dort her was zu hören. Ein jeder Schweitzer hat für mich besondern Werth — willkommen also — (giebt ihm die Hand)

⁵ **Eckius.** Ist der Herr ein Litterator, oder treibt er sonst ein Geschäft?

Gottesspürhund. Bin Spürhund aus der Schweitz; mein Name und Beschäftigung ist bekannt — habt wohl auch von mir gehört —

¹⁰ **Kölbel.** Wüßte mich nicht zu besinnen —

Gottesspürhund. Ist nicht vor vierzehn Tägen ein Theolog hier durch, der bei Faust und Fausts Freunde mein Kommen gemeldet.

[69] **Eckius.** O ho! das war ohne Zweifel der verfezte Bettel¹⁵pfaff, der sich für einen Sclaven=Erlöser ausgab, und sich um einen Schoppen Wein in der Wirtsstube mit dem stärksten Docken herum biß. Recht, recht; er sprach immer von einem gewissen aus Zürch — ihr seyd also der reiche Ochsenhändler selbst, Herr?

²⁰ **Gottesspürhund.** Bin kein Ochsenhändler — — (bei Seite) die Bengels! (geht ab)

Eckius. Phu! der wär gepatscht —

Kölbel. Machst's auch zu grob — hab ihn eben mit auf's Zimmer invitiren wollen — hätten die beste Gelegen²⁵heit gehabt, ihm recht auf'n Zahn zu fühlen — sieht würklich nicht übel aus; wenn er schon kein original Kerl ist, merkt mans doch daß er gern einer seyn möcht —

Eckius. Wenn man die Kerls so rumoren sieht, muß man sie gleich mit einem Hieb vom Platz heben, sonst springen ³⁰sie einem auf'n Rücken und reuten einen wie 'ne Mähre zu schanden — Ich kenne die Sorte, das ist so die wahre Art vor Lucifer zu senden, um desto sicherer hinter drein Wunder zu thun — Laß sehn ob [70] ich auf der rechten Fährte bin — Er logirt im Schwanen; sah ihn heut früh auf einem ³⁵Schimmel anreiten, schick hin und laß ihn invitiren; er darf kein Flegel seyn und wegbleiben, oder wollen ihn Mores lernen — Sieh! sieh! wer kommt da?

Kölbel. Bliz der Panzer — muß fort, sonst ranzt er mich um seine Niecen an. Hilf jezt dem Herz loß — (ab)

Eckius. Gut, will schon machen.

(Panzer an Herz's Arm.)

Panzer. Musje! — he! Musje! wars nicht der nemliche Herr Kölbel der meine Niecen weggeführt — Kommen sie Frau Conrectorin, laufen sie doch mit mir nach — kommen sie —

Herz. Hohl ihn der Hagel! lauf er allein wenn er Lust hat — ich bin kein Musje! kenne keinen Musje! lauf nicht gern! lauf er alleine nach —

Panzer. Ach nein! — ich bin hier fremd; Sie muß mich wieder zu meinen Niecen führen. — (Hält sich mit beiden Armen an Herz) Ich lasse sie nicht um alles.

[71] **Herz.** O alle Wetter! — alle Wetter!

Panzer. Um Gotteswillen sagen sie mir nur wo sie wohnen — haben mich schon dreimal die Stadt auf und ab geschleppt — mein Bein! — meine Kleider! —

Herz. Die Hunde von Cameraden! mich mit diesem Unthier so allein zu lassen! Er henkt wie ein Hörnerteufel an mir! Sollen mirs entgelten — komm er, Herr Panzer, muß ein bischen ausruhen. (Sizt auf einen Stein am Haus.)

Panzer. O weh! o weh! unter der Dachtraufe; es tropft mir in die Anke, der Schnupfen; Rothlauf! —

Herz. Das thut mir nichts, Herr Panzer!

Panzer. Ja, ich sprech von mir.

Herz. Thut mir auch nichts — Wasser in der Anke ist neu Leben, Herr Panzer! — siz manchmal ganze Stunden lang so unter der Dachtraufe.

[72] **Panzer.** Ey behüte! Ey behüte!

(Eckius giebt Herz ein Zeichen.)

Herz. Ah so, ihr Höllenhunde! kommt ihr einmal — Jezt will ich ihn zu seinen Niecen führen —

Eckius (zwischen Herz und Panzer) Wie du Vettel, tref ich dich hier an? Gleich ins Zuchthaus mit dir — Nickel!
5 du unterstehst dich noch, mit ehrlichen Leuten umher zu gehen, dich für eine Frau Conrectorin auszugeben? — (reißt sie auseinander, und hält den Panzer) lauf! lauf! (Herz lauft davon) will dich schon kriegen — — wer ist denn Er Herr? wie kommt er in diese Gesellschaft? —

10 **Panzer.** Ich weiß selbst nicht; ein gewisser Musje der meine Niecen besucht — — meine Niecen Herr, sind verlohren! ich bin fremd hier, sie sind mir geraubt worden! ach Himmel!

Eckius. Mit solch einem Laster umherzuziehen — wahr-
15 haftig Herr, er ist sehr erschrocken und verhizt — will ihn hier nahe in eine Apotheke führen — muß roth hallisch Pulver einnehmen —

Panzer. Wie sie meynen!

[73] Ahasverus, Amsel.

20 **Ahasverus.** J — i — ich so — so — so — soll —

Eckius. Was quäckt der Frosch da? — will er zu mir?

Amsel. Wir kommen eigentlich in Herr Magister Knellius Namen — wir suchen Doktor Faust! — möchten selbem eigentlich zu wissen thun, daß schon besagter Herr Magister Knellius
25 — seiner Ehre wegen, ohnmöglich jezt mit dem Doktor —

Eckius. Wie? was? Ehre und Magister Knellius was soll das? — er will vielleicht nicht seine Disputation halten?

Amsel. Ja, wegen der Disputation — er kann nicht — es thut ihm leid — aber die Schande und Schmach, worinnen
30 jezt der Doktor steckt —

Eckius. Er muß — was Schande und Schmach — (giebt beiden Nasenstieber) Ihr Hundsfütter —

Amsel. Darüber wollen wir uns eine Explication ausgebethen haben —

[74] **Eckius.** Sehr gern, sie wächst in meiner Hand — (giebt jedem eine Ohrfeige.)

Ahasverus. Ah — ah — en —

Amsel. Gut, wir wollen alles hinterbringen, und er soll sehen, was er zu thun kriegt —
(beide ab)

Eckius. Für was man noch Klingen hier in der Scheide trägt — wenn man sich nicht vorn Spiegel stellt, und hinein sieht, bringt man keine bloſe Spitze gegen sich — pfuy! — nu, will er roth halliſch Pulver?

Panzer. Ach ja, ja, so viel sie wollen, wie sie meynen; alles, alles, was sie für gut finden, wie mir's noch ergehen wird; der böse Herr Ochſel, der mir meine Niecen verführt!
(ab)

Sonnenwedel.

(Hanne, Fauſt's Mutter im Bett, hüſtlend, ihre zwei Enkel spielen davor.)

Minchen (in Reiſekleidern schnell zur Thüre herein)
Grüß euch Gott da beiſammen liebe Leute — Geſundheit und Ruhe der Kranken im Bett — hier iſt Geld in einem Briefchen auf Ingolſtadt, Geld für die Mühe — auf euer Gewiſſen leg ich's den Brief richtig zu beſtellen — Adies — [75] (Legt das Geld und Brief aufs Bett und ab)

Mädchen. Eine schöne Jungfer, Großmutter! ein Engel=chen, Großmutter! hätt ihr mögen eine Patſchhand geben, und mich verneigen —

Bube. Und ich sie auf meinem Hengſt reiten laſſen — guck, gehl Geld, Großmutter! —

Hanne. Weißt her, ihr Kinder — — nach Ingolſtadt sagte sie, und so reichlich bezahlt, der Großvatter iſt den Weg, euren Vetter beſuchen zu gehen — wie heißt die Auf=schrift — wie! wie! an Wagner, bei! bei! — wenn mir nur die Augen nicht so wehe thäten, daß ich's leſen könnt —

Bube. Großmutter, der Schulmeister wird gleich kommen, der kann euch alles lesen —

Hanne (dreht sich im Bett um und schluchst) Legs auf'n Tisch, das Geld dazu. Ach Johann! Johann! mein Sohn! Ingol=
stadt hör ich nicht nennen, dann klopft michs bang in dem Herzen deinetwegen! (die Hände zusammen) daß der allmäch=
tige Gott sein Herz regieren, daß er seines Vatters Er= mahnungen folgen, daß ich ihn bald aus diesem greuel Leben wissen möge, bald! sonst bringt michs unter die Erde —

[76] Ingolstadt.
Wirthsstube im Ochsen.

Fausts Vatter.
Endlich einmal hier und auch schon nach dem Wagner geschickt — ist mir sauer ankommen diese Reise — ach! (sezt sich und steht gleich wieder auf.) Doch kann ich nicht ruhen bis ich weiß woran ich bin, wie's mit meinem Sohn steht — ob's wahr ist, daß er auf solch gottlosen ver=
botenen Wegen wandelt, wie man mir berichtet — Wagner ist ein frommer ehrlicher Junge; ist bei ihm im Haus, muß am besten wissen ob's wahr ist, er wird mich nicht hinter=
gehen — — und dann wenns so ist, Dokter und alles bei Seite, ich will der Obrigkeit zu Füßen fallen, daß sie einem schwachen Vatter beisteht, wegen einem ungeratenen Sohn, will mich sein mit Gewalt bemächtigen wenn er im guten nicht folgen will.

Keller.
Was befiehlt der Herr?

Faust. Ein Glas Wein, und eine Krust Brod — Ist schon hin geschickt worden? —

Keller. Ja! — — wie gehts Steffen?

[77] **Steffen.**
Hör! Wein her, und vom besten — hab einen Korb drauß, den wir füllen müssen —

Keller. Wer ist alleweil im Thurm draußen?

Steffen. Aber still — der Hals wird mir gebrochen wenn ein Wörtchen herauskommt — Studenten, fremde Offiziere, und der Faust —

Keller. Der Faust auch?

Steffen. Der verliehrt alles — solltest ihn nur'mal sehen, er spielt wie ein Kind — je mehr Unglück, je verwegener drauf los — Mach fort, muß nach meinem Korb sehn, daß mir ihn niemand wegpuzt — (ab)

Keller. Ha ha! der Faust draus — gut daß ich's weiß, den Augenblick soll das der Magister droben im Zimmer erfahren — erkundigte sich gewaltig nach ihm — sezt ein gut Trinkgeld — (Bringt Brod und Wein, ab)

Fausts Vatter. Will auch keinen Tropfen eh genießen, noch den Gaumen erfrischen am Labetrunk, bis ich's weiß — da ist er ja — Gott mit dir, Wagner!

[78]   **Wagner** (stutzend)

Ihr hier, Vatter Faust? — willkomm, wo führt euch Gott am Abend her? — grad von Sonnenwedel? — wie gehts, mit der Gesundheit?

Fausts Vatter. So! — will nicht mehr recht voran, — hier, und hier auf der Brust, und in den Füßen — was ist zu machen lieber Junge! — das Alter kommt —

Wagner. Ah! habt noch frisch Ansehen — seyd ja noch im besten Thun, erst an der Schwelle des Alters.

Fausts Vatter (lächlend) Lieber Junge das spricht sich nicht weg — fühls am besten wie's weicht — sez her zu mir —

Wagner (sizt nieder) Was macht Mutter Hanne euer Weib?

Fausts Vatter. Was macht sie — härmt sich eben auch ihres Sohns wegen, wie ich — wir hörten der Tage viel Schlimmes von ihm — Wie siehstu aus Junge? — ich weiß nicht, du bist doch der alte Wagner noch? da! iß von meinem Bissen und trinke aus meinem Glaß — und sag mir auf deine Seele die Wahrheit wie's mein Johann hier treibt. (bricht Brod, und giebt ihm) daß ich dir trauen darf (schenkt ihm ein) frey heraus [79] wie ein ehrlicher Junge; wie gehts mit der Erbschaft? Wir hören daß er verpraßt, verthut, ohne uns, und seiner Anverwandten mehr zu gedenken —

Wagner. Fragt auf einmal viel, Vatter Faust!

5 **Fausts Vatter.** Nu! eins ums andere, zuerst sag mir, ist er noch wohl?

Wagner. Ja.

Fausts Vatter. Das freut mich — (steht auf, und nimmt den Stock.) Komm führ mich gleich zu ihm, in sein Haus;
10 muß ihn sehen —

Wagner. Jezt nicht anzutreffen, ist ausgegangen —

Fausts Vatter (sezt sich) So wollen wir warten, bis er nach Haus kommt — trink eins, jezt will ich auch eins trinken, da er wohl ist — ach — er weiß nicht was er mir und
15 seiner Mutter seither vor Kummer verursacht — tagtäglich liegt sie mir seinetwegen in den Ohren — Da kriegen wir einen Brief übern andern von unbekannter Hand, worinnen uns zu wissen gethan, wie er die Theologie verlassen, und sich der Nigromantia, heißt [80] zu deutsch Schwarzkunst oder
20 Teufelsbannerei mit aller Macht zu gewendet; ich erschrack in mein Innwendiges, da ich das laß und Mutter Hanne fiel gar in Ohnmacht darüber — seitdem hat sie dir Tag und Nachts keine Ruhe, wenn sie zu Bette geht, schreiet sie um Ihren Johann; und spricht, soll ich denn nicht hoffen
25 dürfen, ihn einst im Himmel wieder zu sehen — hab ich denn darum ihn unter meinem Herzen getragen — er vergißt uns, er hat uns wohl alle vergeßen! dann bethet sie und beschwöret alle Engel, alle Heilige um ihn zu wachen, und ihm beizustehen — was ist's doch um ein Mutterherz! wer kann
30 das ergründen? Nacht's im Schlummer so gar, stößt sie mich auf, wenn ich von der Tagesarbeit ermüdet, ruhe. Steh auf alter Vater! schreit sie und sieh nach deinem verlohrnen Sohn — Es gieng mir durch's Mark die ehrliche Mutter so leiden zu sehen — drum macht ich mich auf, troz meiner
35 schwächlichen Gesundheit auf den Weg — Trink doch Wagner, trink — Es wird sehr dunkel, rück ein wenig zum Fenster

hin — Es mag meinem Sohn sehr wohl gegangen seyn seither, aber wir, wir haben doch gelitten — Kind du glaubst nicht, wie kummervoll mein ganzes Wesen ist —

Wagner (wischt sich die Augen) Daß ich's nicht glaube — o Gott! wie wird's mir auf einmal für meinen Sinnen! welch schrecklich Licht geht mir auf! — wer da?

[81] Strick, Fang. zwei Gerichtsdiener und Soldaten tretten zur Thüre herein.

Strick. Keller! wo ist der Keller? — er soll herein kommen!

Keller. Was befehlen sie Herr Strick?

Strick. Was guts, und geschwind! he! geb einer Acht wenn die Bürgerwacht vor's Thor ausrückt daß man gleich hieher springt, und uns avertirt — wir wollen das Nest voll flide Jungen ausheben, und den Vogel dazu.

Keller. Ich weiß schon — weiß schon! — will ihm was gutes bringen Herr Strick, und hernach auch mit; bin auch gern bei dergleichen Vorfällen, wo's so was giebt — der Herr Magister, Herr Strick der Herr Magister ist da. (ab)

Magister Knellius, Ahasverus, Amsel, Blaß.

Knellius. Guten Abend, Strick — frisch auf! der Faust ist draussen bei Ihnen, — hört ihr's — geschwind! geschwind!

Strick. Den Augenblick — wollen nur einen Krug ausleeren und dann derhinterher — was ist das? —

[82] (Geschrei und Gelärm auf der Straße.)

Was giebts? — schon da? — allo! allo Cameraden! die Burgerwache!

Knellius. Tummelt euch — fangt all die Schelmenspieler — oder laßt sie durchgehen wenn ihr wollt, nur den Faust — hört ihrs! den Zauberer! den Erzschelm! Faust! den fangt mir, und bringt ihn herein!

Fang. Ja! aber haben wir denn auch gewis Ordre dazu? Strick! wie ist das?

Strick. Halts Maul! — komm nur! — weiß alles! —
(Strick, Fang, und Soldaten ab)

Knellius. — Bin müthig ihr liebe Freunde! — er muß mir fort aus der Stadt, — eincarcerirt, relegirt, beschimpft, geschmäht, und alle seine Cameraden mit ihm — Muß ich mit ihm disputiren! wills ihm weisen, ob ich muß —

Blaß. Ja, aber ihr habt ihn doch selbst erst herausgefordert.

[83] **Knellius.** Der Teufel ritt mich — mußt's Ehrenthalben — voran — voran! wenn's Eisen warm ist, muß man's schmieden — Eure Ohrfeigen (zum Ahasverus und Amsel) sollen ihm theuer zu stehen kommen, bitter zu verschlucken — fort, durch die Straße — schreit Weiber, Männer, Bürger, Kinder, Greise, alles in Lerm — immer Faust, und Brand, und Mord, und alter Thurm vor'm Thor —

Alle. Wir wollen.

Knellius. Aus der Stadt muß er! wills ihm weisen, ob ich mit ihm disputiren muß — er soll fühlen was 's heißt mich zum Feind haben.

(alle ab)

Wagner. Wie ist's Vatter? wo seyd ihr im dunkeln verloren?

Faust's Vatter. Wollt, ich fände mich selbsten nicht mehr — o Gott! Gott! bald werd ich noch mehr erfahren.

Wagner. Ein schröcklich Licht mir angezündt!

---

[84] Nacht. Straße.

(Trommeln, und Sturmgeleut — man hört durch die Strasen laufen, und lärmen.)

Einer.
Mord! Brand! (ab)

Kölbel.
Wo ists Feuer denn? (lauft nach)

Zweiter.
Vorm Thor! — am Mark drunten! —

Dritter.
Gott steh uns bei!
        Lichter zu den Fenstern heraus.
Was giebts? he! was geschieht draussen auf der Straße?

Kölbel. He! Eckius! — Eckius! —

Eckius (oben am Fenster)
Was giebts? —

Kölbel. Geschwind herunter — deinen Degen mit —

[85]   **Die Mädels** oben.
Herr Vetter kommen sie herauf zu uns — was wollen sie bei dem Tumult!

Kölbel. Den Augenblick — den Augenblick — Bäßchen laßt Euch die Zeit droben mit Herz nicht lang werden — — —

Eckius. Nu! was solls?

Kölbel. Geschwind, man will den Faust arretiren — die Philisterwache —

Eckius. Schwerenoth! wie? wo? man muß das nicht leiden! — he! wo ist er denn?

Kölbel. Draus im Thurm — komm! — komm! (ab)

Im Thurm. Saal.
Weibsleute, Spieler, Faust (vorn an einem Tisch würfelnd)

Faust. Hab eine ziemliche Portion Geduld — aber da reißt 's aus —

[86] **Erster Spieler.** Voran! —

Zweiter Spieler. Die Würfel her. — Wer hält die Klümpchen?

Faust. Ich!

Zweiter Spieler. Drei Fünfter — paßirt —
      (Faust zahlt aus)

Faust. Noch einmal! — alles.

Erster Spieler. Alle Teufel! der paßirt bis Uebermorgen.
      (Faust zahlt wieder)

Fauſt. Iſt ſchon ſpäth — noch einmal! —
Zweiter Spieler. Banquo!
Fauſt. Banquo für Euch.
Zweiter Spieler. Getroffen! ich danke Ihnen, daß Sie mir dieſe Banquo vor der Naſe weggenommen.

[87] **Fauſt** (wirft den Becher hin) Auch nicht einen einzigen Zug, die ganze Zeit über — (auf und ab)

Dritter Spieler. Brave Kerls die gut zur Haushaltung arbeiten — mein Weib erwartet Euch heut beim Nacht=ſchmauß. Wie! wie! was giebts Steffen! —

Steffen. Auf ein Wort! (auf Seite)

Dritter Spieler. Wenn wir nur noch den Ring und die goldene Kette erwiſchen! —

Vierter Spieler. Was! was! Steffen? Die Thüren ſind verriegelt drunten — niemand kann herein (klopft.) was ein Lärm! (klopft wieder) komm mit, wollen ſehn — (mit Steffen ab)

Fauſt (den lezten Beutel in der Hand) Der lezte — das iſt alles — wie leicht das geſagt iſt — und ſollt ich's noch wagen? — andern hätt ich Rechenſchaft von dieſer Summe zu geben, ſo verächtlich ſie mir auch iſt — gut will dieſen lezten Beutel noch retten, hinſchicken meinen darbenden Ver=wandten. So wenig! — iſts immer noch genug für einen und den [88] andern, damit was zu erlernen, und ein bra=verer, brauchbarerer Kerl der Welt zu werden, als ich — ein Nothpfennig der einem Genügſameren im Unglück noch treflich zu ſtatten kommt — (die Spieler rufen laut) doch wärs auch Thorheit gerade jezt aufzuhören, da mein launigtes Glück juſt ſich drehen, und mich nachher verlachen könnt — wills noch einmal wagen — das Verlorne wenigſtens wieder ge=winnen oder auch auf dieſer Probe vollends zu Grunde gehen — dann weiß ich auch, was das Schickſal mit mir will — und wohin 's mich mit Gewalt treibt — (er geht hinzu, ſezt, würfelt, verliert, die andern ziehen's Geld)

(Steffen, und Spieler kommen beſtürzt herein, reden mit einander, und alle ab.)

Fauſt. Gut! da müßt ſich einer wie ein Mann faſſen — (drückt den Hut in die Stirne) Es liegt noch ein Weg vor mir — trüb und dunkel, und hab auch Kraft ihn zu gehen — länger der gebundene Affe zu bleiben, der ewig ſeinem Wollen und Gefühl unterliegen muß — ſich ſträubt, ohne los zu kommen — will's verſuchen, mein eigen Schickſal mir vorzeichnen, dem launigten Ding das dieſe Welt beherſcht zum Truz — — juh! juh! (Er ſchlägt mit der Klinge auf'n Tiſch)

Spieler. Herr! Herr! drunten der Thurm umringt — man begehrt ſie — fordert ſie —

[89] **Fauſt.** Fort, aus meinen Augen! oder ich durchbohr dich — wenn du irgend eine andere Geſtalt trügſt als die menſchliche, wollt ich dir nicht fluchen — die Menſchen ſind mir alle zuwider!

(Der Spieler lauft fort)

Alle. Wie iſt's? was ſagt der?

Vierter Spieler. Er iſt wahnſinnig — laßt den Narren allein ſitzen — die Zimmer wohl verriegelt, daß ſie ſo bald nicht herauf können, indeſſen wir hinten übern Gang und zum Secret hinunter, ans Waſſer — kommen ſo durch — das kein Menſch weiß wohin —

Alle. Gut! gut gerathen! — kommt! Freunde! kommt!

Stimme.

Fauſt! vergiß mein nicht!

Fauſt. Mein Genius!

Stimme. Freund!

[90] **Fauſt.** Weſſen Freund!

Stimme. Dein Freund!

Fauſt. Weg, in die Hölle wieder! — will keinen Freund!

Stimme. Dein Feind!

Fauſt. Ha! ſo könnt ich dich lieben!

Stimme. Ruf mir wenn du mich brauchſt.

Fauſt. Wie's auch iſt — ob du mir Hülfe zu leiſten

kommst — was fürcht ich mich jezt an diesem Ort der Schande, dem Tempel zügelloser Sünde, mich dir zu nahen — hierher gehören solche Bekanntschaften — ew'ge Dämmerung herscht hier — ein Gefängniß der Ehre; der reine Tag bringt nicht unbesudelt durch diese verrostete Gitter (bläßt die Lichter aus) wolan denn, will im Dunkeln mit dir sprechen! bin nun vom gewöhnlichen Pfade gewichen — bistu mein Freund, so zeig mir's; bist's nicht, so bleib tief in der Hölle!

[91] (Die hintere Wand geht auf, man sieht hellerleuchtete Klumpen Silber und Gold gemünzt und ungemünzt in Haufen, und Säcken. Juwelen und Kleinodien in goldenen Schränken.)

Stimme. Die Güter der Welt, die ich meinen Freunden zutheile!

(Der Vorhang fällt zu)

Faust. Ist's so?

(Die hintere Wand zum zweitenmal auf, man sieht Kronen, Zepter, Orden, Adelsbriefe überm Tisch.)

Stimme. Die Herrlichkeiten der Welt, die ich meinen Freunden verleihe!

(Der Vorhang fällt zu)

Faust. Ah! Kronen —

(Die Scene zum drittenmal auf, man sieht Mädchen in wollüstigen Gruppen überm Canapee; andere tanzen, und singen; eine liebliche Musik läßt sich hören.)

Stimme. Freuden der Welt, denen die ich liebe!

(Der Vorhang fällt nieder)

Faust. Eins noch fehlt!

[92] (Der Vorhang zum viertenmal auf, eine Bibliotheck im Hintergrund — voran alle Künste und Wissenschaften emblematisch in Marmor=Gruppen um eine Piramide, worauf oben Faust's Bildniß, von der Ehre gekrönt steht.)

Stimme. Ruhm und Ehre denen die mir hold sind!

(Der Vorhang fällt zu)

Faust. Wo bin ich? im Wirbel mir selbst entrissen — Ist's Wahrheit was ich sah? oder träum ich nur, und steigen in meiner erhizten Phantasie diese Bilder vorüber! — aber nein! ich fühls durch alle meine Adern hindurch, fühls daß es Wahrheit, tiefe Wahrheit ist — bin durchaus angesteckt von diesem Anblick — wie's in mir lächzt nach dem Besitz, nach dem vollen Genuß — — wie lieb ich den, der in mir dis Schauspiel erregt — wolan mächtiger Geist, wo du auch bist, komm! komm! ganz mir beizustehn! — wenn du's vermagst.

Stimme. Vermags!

Faust. Willt auch?

Stimme. Blöder, daß du keinen Glauben hast —

Faust. So komm! — ich rufe dir!

[93] **Stimme.** Meinst ein Wort das deiner Lippe entfährt sprenge die Thore der ew'gen Hölle? —

Faust. Verlange nach dir! komm! wünsche, hoffe zu dir!

Stimme. Ha! ha! ha!

(Die Scene wird heller, ein, in Scharlach gekleideter Fremder tritt herein.)

Fremder. Verzeih'n sie dem Entzücken, daß mich so ganz hinreißt sie zu suchen, zu schauen! ganz den künftig grosen, unsterblichen Mann in Ihnen zu schauen — Hab Ihre Gedanken über Nigromantia gelesen; ein guter Freund theilte mir sie in Wittenberg mit; das herrlichste, reichhaltigste, was je über diese Materie gesagt, gedacht, und geschrieben worden — mir ahndete ganz ihre Physiognomie bei jeder Zeile, so wie sie jezt vor mir dastehen.

Faust. Ihr Name wenn ich bitten darf —

Fremder. Thut nichts zur Sache; bin ein Physiognom, reise incognito, um so mehr da ich dadurch die nothwendi=[94]ge Gelegenheit erhalte, zu handeln, urtheilen, wie ich's denke, und für gut finde — immer im Dunkeln ergründe, und forsche, mit dem Bleimas in der Hand — um auf einmal mit neu hervorgegangenen Wahrheiten bereichert, ans Licht zu tretten. — Welch ein Adel von Lineamenten! — ein königlich Profil — diese den Wolken zufliegende Stirne, eine Predigt gegen alle Unterwerfung — Dieser Mund der über seine Erniedrigung selbst höhnt; der stolze Aufschwung dieser Nase; — kein kleiner Mann kann so was haben. (Zieht die Schreibtafel heraus und zeichnet)

Fauſt. War immer ſo mein Gedanke, die Summe unſerer
5 inneren Würkungskräften trügen wir in leſerlichen Ziffern in unſeren äuſeren Lineamenten — das Aeuſere müſſe Dollmetſcher des Inneren ſeyn durch die ganze Natur. Das fühlen und erkennen auch die Thiere; wer ſagt's dem Hund, und dem Kind, daß ſie ſo gleich verſpüren, was ſie liebt und
10 duldet — aber das ſchiebt mich wieder der Prädeſtination in den Rachen, ſchnürt aller handelnden Freiheit auf einmal die Kehle zu — Sind wir mit dieſen Kräften zur Welt kommen? Sind wir auch beſtimmt dieſe Kräfte gerade ſo zu brauchen, wie und wohin ſie incliniren? denn wer will dem vollkom=
15 menſten Werkmeiſter eingreifen, wie er die Maſchine geſtellt — So ward ich wohl zum Columbus der Hölle ausgerüſtet, und mein Anſtand und Bangen vor der That, gehört mit in die feinere Federwerke, die das [95] groſe hingezogene Rad ein wenig einhalten, daß es nicht in Schnelligkeit überſpringt.
20 — Wenns denn ſo iſt? was quäl ich mich eine That zu wagen, die zu wagen ich ſchon von Anbeginn der Welt beſtimmt war — mit Nerven hinbewogen, aus Millionen, grade der Eine ſie zu wagen.

Fremder.
25 So wage denn, und wage denn, wer wagt hat halb verloren.
Fauſt. Ha!
Fremder.
So, ſo — iſts Zeit!
Gefahr und Noth iſt nicht mehr weit;
30 Und hin und her, und auf und ab
es ruft und ſchreitet Klapp! Klapp! Klapp!
Die Treppen hoch! die Treppen tief!
Hörſt doch?

Fauſt. Erregeſt Bangigkeit in meinem Innwendigen!
35 welchen Spiegel zeigſtu mir? — Du lieſeſt meine Gedanken — Weh mir! antworteſt mit Blicken was meine Seele dich fragt — wie wird mir!

[96] **Fremder.**
Hätt ich mein Werk und Kunst vergessen,
trüg denn umsonst dis Kleid mit Tressen.
Horch auf! horch auf! es stürmt herauf
mit Wehren stark, mit Stangen.
Faust.
Bist kein Physiognomus? ha!
Fremder.
Bin was ich bin ha! ha! ha!
frag weiter nicht, frag weiter nicht,
hörst draußen lermen? hopsasa!
(Ein Gelärm und Getöse vor der Thüre, man hört schreien fangt den Faust.)
Die Angel bricht, der Riegel bricht;
Es springt und dringt in hellem Hauf,
Soldat, und Jud, und Bürger auf,
zu fangen, dich zu fangen.
Faust.
Wohin — wohin? sag!
Fremder.
Vertrau mir wohl, dann kommst mir nach.
Dis Buch, nimms hin in deine Hand,
frei fliegst du über Meer und Land,
durch Thor, und Thür, und Mauer fest,
wiltdu's?
[97] **Faust.**
Gieb's her!
Fremder.
Das allerbest!
Vergiß ja nicht die Schuldigkeit,
bist los und ledig —
Faust.
Her indessen!
Alle Teufel (laut)
Sonst kommen wir nach kurzer Zeit,
Ju heya! Brüder all bereit,
und holen die Jntressen. (ab)

Fauſt.
Wo Noth uns drängt und Hang uns zieht,
Wie leicht nicht da ein Ding geſchieht.
(Die Thüre wird aufgeſprengt, Fauſt durch die Luft davon,
5 Soldaten und Bürger prallen zurück.)
Soldat, und Fackeln. Iſt nicht da! niemand!
Bürger. Wie? wie? kein Menſch und Seel!
Soldat. Alle Wetter es ſtinkt hier abſcheulich!
[98] **Bürger.** Die Herrn Studenten ſtehn all auf's Fauſt's
10 Seite — wird jezt ein garſtig Gelerm drüber geben, da wir
ihn hier nicht finden —
Soldat. Wer hat's denn geſagt, daß er da war? —
ſchreit hinunter daß niemand da iſt — (Fang und Strick
herein) iſt ein unausſprechlicher Geruch! — nicht zum bleiben
15 — phu!
Bruder Herz (im Weiberrock, den bloſen Degen in der Hand)
Wo iſt nun der Fauſt? — wer hats geſagt daß er hier ſey?
— wer? Satisfaction ihr Höllenhunde! Satisfaction! —
den Augenblick Satisfaction —
20 **Eckius.**
Bruder du voran — alle Wetter wie kommſt du hierher?
ſo im Weiberrock —
Herz. All eins — wenn mein Freund in Noth iſt —
beim Element! — Satisfaction! — wie Eckius? zieh aus!
25 **Strick** und **Fang.** Ihr Herrn! Ihr Herrn!
[99] **Herz.** Satisfaction wollen wir, und den dazu, der den
Fauſt angeklagt — wollen den Hundsfutt kennen lernen, und
wenn's auch der judex magnus ſelbſten wär — den Buben.
Strick und **Fang.** Ihr Herrn! Ihr liebe Herrn!
30 **Herz.** Was Herrn, was liebe Herrn! — Satisfaction
wollen wir — nicht liebe Herrn, ihr Bengel, ſeyd ihrs nicht,
die den Doktor zu fangen hergekomen? — wie! und auf
weſſen Geheis ſeyd ihr her? — wer hat euch angeführt? —
wißt ihr unter wem der Doktor ſteht? wißt ihrs, oder wißt
35 ihrs nicht?

Strick und **Fang.** Wir wissens ihr liebe Herrn.

Herz. Wißt ihr's Buben — Kerl, laß mir die rußige Finger von der Brust, oder ich hau dir eins übern Grind — Ihr lumpen Kerls, denen man den Buckel fegen muß! (Schlägt mit der Klinge auf Strick.)

Strick. Ihr Herrn! Ihr Herrn! bedenkt wer ich bin —

[100] **Eckius.** Bruder halt ein — was Donnerwetter! sah dich in meinem Leben nicht so wild — bist ja ganz ausser dir.

Herz. Weg! er soll gestehn wer den Faust angegeben — wer ihn beschuldigt — solch (schlägt immer zu) ein Hund einen Faust anzubellen — solch ein Geschmeiß! wie!

Strick (pfeift) Holla! will bald Hülfe kriegen — he! Hülfe!

Herz. Da hast du noch eins zum Pfif! noch eins! noch eins!

Strick. O weh! o weh! (lauft zurück)

Eckius. Laß Bruder! ist hier nicht der werth — weiß schon wer den dummen Brei angerührt; drunten steht Kölbel mit einem Trupp wackerer Burschen — ist niemand anders als der Bube Knellius.

Herz. Der? der Maulaffe! der Lauswenzel? der? — mit seiner aus'm Lazaret zusammengekrebsten Leibgarde — [101] der? meinen Faust prostituiren? der? — wo ist er? wo? wo? wer? — solch ein Bursch, den die lungensüchtigste Imagination nicht krüppelhafter zusammenstoppeln kann; das non plus ultra von Armseligkeit, der Plauderer, Nichtswißer; die Nachlese des menschlichen Verstandes! — der?

Eckius. Gut, ich will dir drauf antworten wenn du Lust hast, und wir wollen einen Wechselgesang zu seinem Lobe anstimmen! bei mir hat er auch noch im Reff!

Herz. Wohin sich nur die menschliche Thorheit versteigt! Solch ein Frosch sich gegen solch einen Stier aufzublasen! — Es muß heraus, sonst drückt mir's die Leber ab! Seht mir den Burschen, hingestellt mit gebogenem Rücken, wie ein Iltis der Eyer stehlen will, oder die Henne vom Dache herab mit lieblichen Sophismen persuadirt — wie er im Comparativo s'Netz auswirft und im Superlativo angelt; Exempli gratia: Herr Patron, du König der Musen, du weisester, holdseligster, getreuester, bewährtester, erhabenster — oder ists ein Weib, die schönste, holdseligste, Schwester der Grazien, Tochter der Venus, Ambra und Lilien, Rosen, und Bisam — Himmel! und solch ein Bengel, solch eine zusammengestohlene Kleiderpuppe, soll einen Mann scheeren, und ein ehrlicher Kerl solls ansehen und dulden, und nicht Rattenpulver nehmen, aus so einer Schmeißwelt her=[102]aus zu kommen — oder den Hund aus aller Gesellschaft heraus, wenigstens prügeln — wie? ein Magister, der Abhandlungen schmiert, die das Colorit einer Mistlache tragen, worin die Excrementen von neun Spitälern sich conjugiren — wie? einer dem man seines Unverstandes wegen wieder die Hosen abziehn, und seiner Bosheit wegen ein paar eiserne Kniebänder anlegen sollte — wie? und solch ein Kerl wird angehöret, darf Gesellschaften besuchen, findet Gönner und Patronen, darf laut sprechen — kann andere brave Bursche oben drein noch scheeren — kann einem Faust wehe thun! solch eine Bremse dem edlen Roß aufsitzen, der nichts ist, wenn man nichts theilen könnte, auch nicht einmal den zwanzigsten Theil einer Nulle — solch ein Ding das in allem zusammengekehrten, und auf's höchst angeschlagenen Werth, neben dem Faust hervor leuchtet, wie der schmutzige Pfennig auf eines Tollhäuslers Hand, gegen die Schaumünze die einer edlen Donna aufm Busen schwimmt.

Eckius. Brav gespien — bist fertig? — wenn mir einer die Rede auf'm Papier gewiesen, und hätte dabei gesagt, der dicke ruhige Herz hätte sie gehalten, ich hätt ihm unter die Nase gelacht. Kerl wo hast du die Galle gekauft? —

Herz. Ihr Hunde seyd meine Apothecker — ihr verkauft mir Galle zentnerweis — ich will jezt wissen was man mit [103] Faust will — will den Magister hervor haben und sollt ich ihn am Flügel unterm Bett hervor ziehen — er soll reden, antworten, ich will an Fausts statt stehen, und vertheidigen — wer kein Hundsfutt ist, verläßt mich nicht in solch einer Sache!

Eckius. Der bin ich nicht — allons dann, Herr Pickenträger, ich folge dir in der ganzen Simplicität meines Degens. Dicker Narr, was er anfangen will? Narr in Eckius Sold. (ab)

Ein Schuhmachersweib.

Wo ist denn der Faust? wo ist er? wo? will ihm's Bein aus'm Hintern rupfen — vor was saffianene Schuhe und kein Geld zum zahlen — wir arme Handwerksleute sauren Schweiß und Mühe — wie? wie? der Lumpendoktor! der Erzlump' — schaft mir ihn — hört ihrs! ihr Strick! ihr Fang! wo ist der Doktor? wo ist er?

Fang. Närrin! in den Hosen! fragt beim Schneider nach — macht doch kein solch Geschrei — sucht ihn selbst wo er ist — sieht ja daß er nicht da ist — gelt hast wüste Büsse kriegt Strick?

Schuhmacherin. Aus'm Hintern Bein und Füß — woran mein Mann all sein sauren Schweiß verwendet — das Hemd [104] vom Leib reißen will ich auf öffentlichem Mark dem Leder=Wolf! Leder=Dieb!

Strick. Geh zum Teufel dummes Vieh!

Schuhmacherin. Ihr Hunde! ihr Bengel! Ihr Esel! (Fällt ihm in die Haare, Fang stößt sie zur Thüre hinaus)

Fang. Hinaus du Sau! — fort mit dir!

(Eine **Stimme** von aussen)

Herr Strick! Herr Fang! Geschwind herunter! die Studenten treiben überm Mark erschröcklichen Unsug — ihr sollt kommen — Herr Magister Knellius läßt um Beistand bitten —

Fang. Bravo! wenn's nur über den recht los geht — hat doch all den Teufel angefangen —

Strick. Wir kommen — sagt nur wir kommen gleich — Fang s'geht heut alles links — alles, alles durcheinander — wer hätt gedacht daß so wär — die verfluchte dumme Kerls! daß nur die Gicht in ihre klozige Augäpfel schlüg! zu behaupten der Faust sey hereingegangen — [105] Sackerment mein Rücken! — der Hund wie er mit seiner Klinge zuschlug — hörst! hörst! wie's in die Straße tobt und lermt — der Teufel kommt allemal queer ins Spiel.

Fang. Ja wohl Müh und Arbeit genug, aber nichts zu beuten und zu fischen — das war übel ausgedacht guter Strick — lern ein andermal die Sache besser einfädeln — wollt daß der Henker hätt! mitgehn muß' ich, mein Amt be=
5 gehrt das! aber ich will meinen Rücken mit einem Kissen ausstopfen und meine Brust mit einem Buch Fließpapier be= legen — guter Freund das beste wär, hätten wir unsere Nasen gar nicht in all diese Händel gesteckt —

Strick. O! komm mir jezt nicht mit deiner verdammten
10 Weisheit hinterdrein — laß uns sehn, wie wirs besser machen, und diesen Verlust in Gewinn umkehren — frisch auf! (ab)

Nacht. Gelerm. Marktplaz
worauf ein Springbrunnen steht, oben drauf Knellius, und unten um den Brunnen seine Trabanten — Die Studenten.
15   Eckius, Herz, Kölbel, 2c. 2c.

Knellius. O weh mir! — still doch ihr Herrn! — nur meine Stimme — nur ein einzig Wort! — haltet ein! ge= bietet doch eurer Wuth!

[106] **Herz.** Was solls denn?

20 **Knellius.** Ich bin nicht Schuld, hab keine Schuld, trage keine Schuld, bin wie ein Kind im Mutterleib an all den Händeln! leider! leider! hört mich nur an!

Herz. Du bist ein Bärenhäuter!

Knellius. Seyd doch nur Christen Menschen — was sag
25 ich? Musen Söhne, Herr Herz habt doch Barmherzigkeit, und ernstlichen Willen! —

Studenten. Den haben wir.

Knellius. Gott sei Dank habt ihr? habt ihr?

Herz. Ernstlichen Willen dich zu prügeln.

30 **Knellius.** Meine geehrte geliebte Herren, meine Gönner und Mäcenaten!

[107] **Studenten.** Was wollen wir mit ihm anfangen? — hört ihrs, wollen ihn einseifen, die Haar abscheren — auf eine Mistbahre setzen, hinten und forne Licht darauf, und ihn
35 so vor seiner Dulcinea Thüre bringen —

Ein anderer. Ja! ja! und eine Kerze in die Hand, und denn soll er öffentliche Abbitte thun, allen den Autoren an denen er sich schon vergriffen —

Ein anderer. Schneiden wir ihm eben gleich Nasen und Ohren dazu ab — s'geht ja in einem hin.

Knellius. Ach ihr harte Herzen! — ihr Herzen von Stein und Alabaster! bei den linden Grazien die euch rühren, — bei meinem erhabenen Apollo! (zittert)

Student. Dein Apollo?

Herz. Kennst du den Apollo?

Eckius. Kriegst zwanzig auf die Hosen, wenn du ja sagst.

Herz. Kennst du den Apollo?

Knellius (zitternd) Ach! ich kenn ihn ja gar nicht!

Herz. Seht ihrs, seht ihrs! der Hundsfutt so wird ers auch seinen besten Freunden machen, über ein paar Prügel alles ohne Rücksicht läugnen — so viel vom Apollo zu schwätzen, und doch nicht einmal so viel Mannheit, seinet= wegen ein halb dutzend Prügel auszuhalten — er muß ge= wamscht werden.

Knellius (den Arm in die Höh) Bei allem was theuer ist — bei den Sternen! o grosmüthiger Herz!

Alle. Herunter mit ihm!

Knellius. Unrecht geschieht mir — himmelschreiendes Un= recht — wenn ich nur durchgehen könnt — himmelschreiendes Unrecht — wenn's nur nicht so hoch wär — so Unrecht, ach ihr Sterne! — mußt mich denn der Teufel reiten hier auf den Brunn herauf mich zu retiriren! —

Studenten. Wart! wart! mit Koth wollen wir ihn herunter feuren!

Knellius. Was fang ich an? sie werfen mich zu todt — helft doch meine getreue Cameraden dort unten, bitt euch steht mir doch bei gegen diese Centauren, fangt einen Streit an, daß ich durchwitsche — wenn ich nur drunten wär — ach! ist ein verfluchtes Wesen, so hoch — fangt an! schlagt

zu! laßt euch prügeln, hauen, todtschlagen, daß ich durch=
komme — o weh! o weh! die Memmen! hat man noch
solche abscheuliche Memmen gesehen? — in Noth und Tod
erkennt man den Freund, da wird mann's gewahr — wollt
ihr noch nicht anpacken ihr Haasen? wie sie da stehn! — o
abscheulich! muß einen Coup desprit machen, vielleicht ge=
lingt mir's (laut) Faust! Faust! Faust! der göttliche un=
sterbliche Faust!

Alle. Was soll das? was willt du mit ihm?

Knellius. Ach daß er selbst da wär! der trefliche! o du
groses lumen mundi — ach meine Freunde! wie könnt ihr
nur glauben daß ich jemalen diesen ganz unvergleichlichen
Menschen, diesem herrlichen Genie zu nahe gethan? ach wehe?
dieser Gedanke allein zerspaltet mirs Herz — sehet auf meine
Redlichkeit liebe Freunde, [110] Trähnen der Empfindung tretten
mir in dieser Minute über die Augen, daß es doch Tag
wäre sie zu schauen, daß der grose Phöbus sein Antlitz vom
Himmel herab drin spieglen könnt — ihr meine Wertheste!
— ich beschwöre es euch, er ist mir so theuer, so theuer, ich
erkenne seine Uebermacht so ganz, glaube an ihn als einen
Gott, ein ätherisches überirdisches Wesen.

Herz. Der Teufel predigt Gottes Wort, und meinet uns
damit zu verführen — Wie! bist du nicht Schuld daran,
daß die Obrigkeit ausgeschickt, ihn im Thurme zu greifen,
verläumbetest du nicht seinen guten Namen, indem du ihn
einen Betrüger und noch schlimmer schaltest?

Knellius. Ich? that ich das? wie kommt ihr dazu meine
Freunde! das that ich nie!

Alle. Ja, ja wir wissens — hast Plane gemacht ihn
aus der Stadt zu vertreiben, hast die Juden aufgehezt, hast
an andern Orten Briefe, voll des schändlichsten Inhalts gegen
ihn geschrieben — ihn als einen nichtswürdigen, boshaften,
gefährlichen, kurz als ein Scheusal gemahlt.

Knellius (zitternd) In meinem Leben nicht.

[111] **Alle.** Beschwör! wenn du's Herz hast.

Knellius. Sehr gerne, sehr gerne, ich schwör's hoch und theuer.

Eckius. Bei was schwörst du denn?

Knellius. Bei dem theuersten Kleinod, bei meiner Ehre! —

Herz. O ho! grad als wenn unser einer auf sein eigen Haus schwöre; wie kannst du auf den Besitz eines Dinges schwören, daß du nicht einmal kennst.

Knellius. Wie denn? Herr Eckius! Herr Herz! was denn? meine geehrte Herrn! bei was soll ich denn schwören?

Herz. Bei deiner eigenen Schurkheit, hörst? — schwör bei deiner Unwissenheit, bei deiner Unverschämtheit!

Studenten. Er soll jezt kurz und gut bekennen was er schon für gelehrte Diebstähle begangen — er soll alles Haar klein bekennen.

[112] **Knellius.** O weh! Hülfe! Hülfe! mir entgeht die Luft — hört ihrs dort unten Cameraden — wie komm ich durch? — lieber laß ich mich todtschlagen, lieber mich gleich in Stücken zerreißen — wie? wie? ihr Gänsköpfe! ihr liebe gute Cameraden! daß euch der Teufel hätt! wollt ihr nicht helfen? seid ihr denn ganz von Sinnen und Muth? — greift an! greift an! packt an!

Der Einäugige. Was sollen wir denn angreifen? — es geht nicht Herr Magister! — sie sind uns überlegen — ergebt euch als ein guter Philosoph geduldig drinn.

Stollfuß. Thut das lieber Magister! zeigt Ihnen eure Superiorität — Leiden ist Kraft lieber Magister!

Knellius. Daß ihr die Pestilenz mit eurer Kraft und Philosophie! — soll ich mir den Bauch aufschneiden, daß mir die Därme vor die Füße fallen, wie ein japanischer Minister? — ich mich drein ergeben? — helft mir herab — o weh! eins ins Gesicht — o weh! — Ahasverus nimm mich auf die Schulter, du bist stark und gros, trag mich fort —

Ahasverus. Ha — ha — ha — Habs Herz ni — ni — ni — nicht!

[113] **Knellius.** O weh! o weh! wieder eins an die Nase — Ihr gute Cameraden seyd doch keine Bengels, und helft mir.

Alle Cameraden (heimlich) Die Verzweifelung schimpft aus ihm — wie wollen wir helfen? — Hört ihrs Herr Magister springt von oben herunter, wollen euch dann durchhelfen, springt zu, ihr seyd hübsch flink und lüftig.

Knellius. Ach! den Hals brechen! nicht wahr? o weh! Gott steh mir bei! (Springt herab)

Alle Cameraden. Lauft zu! lauft zu Herr Magister! — was das ein Sprung war, ein Schneider hätt ihn nicht besser thun können — ein Schwung! — lauft zu! Herr Magister! habt ein wohl gezimmertes Bein! — lauft zu! in aller Teufel Namen! lauft!

(Knellius davon mit seinen Cameraden, die Studenten alle nach.)

Studenten. Auf! Auf! Auf! wollen den Dachs bis an seinen Bau hetzen — (ab)

[114] **Herz.** Hurra! hu sa! sa! hinten drein ihr brave Cameraden, wollen nach, und den Spaß zu Ende sehen. — So muß man sie zu Paaren treiben, so den Kerls auf die Nasen geben, wenn sie ein bischen zu weit vorstrecken — heut gefallen mir unsere junge Degenpüppchens wieder ein= mal — hurra! hurra!

Eckius. Was der dicke Kerl lärmt, als hätt er mit dem Herkules den Stall misten helfen! ha! ha! ha! zum krank lachen!

Herz. Jezt will ich mein Panier auffstecken.

Kölbel. Herz! Eckius! halt ein, kommt jezt wieder mit zurück, wir haben daheim Gesellschaft sitzen, die unsertwegen da ist, oder wenn ihr nicht wollt, so geht meinetwegen allein, aber verübelt mir nicht wenn ich euch verlasse —

Herz. Wie so? — es ist wahr — Cameraden ihr könnt mirs attestiren, hab gethan was ein Freund dem andern schuldig ist — Der Faust muß zufrieden seyn. — Leid thut mirs in der Seele Brüder, wenn einem der mir lieb ist was zu nahe geschieht; wie ihn heut die bärtige Halunken so

adamisirt — hohl mich der Teufel es stach [115] mich —
wenn ich kein so geldscheues Luder wär, wollt ihn auf der
Stelle ausgelößt haben; aber dieser Degen ist alles — und
der ist mir nothwendiger als dem Roß sein Schweif, damit
die Fliegen sich vom Leib zu wehren — Laßt's denn vor
dismal genug seyn und den Kerl sich fürs künftige Vorsicht
aus diesem Pfeffer abstrahiren — wohlauf! —

Kölbel. Es ist Zeit daß wir die Mädchens jezt wieder
ins Wirtshaus zurückbringen — es schickt sich für honette
Mädchens nicht, wenns später in die Nacht dauert.

Herz. Huy! spricht so mein Hünchen? Honette Jungfern!
weiß her einmal die Finger, muß doch sehn, wo diese Honettität
auf einmal gewachsen — Sag mir keiner was! — Cupido
kuppelt dem Hymen, und der macht wunderliche dumme Augen,
und schielt wie ein Widder dem die Hörner über die Ohren
hervorgewachsen auf Seite — Der Bube ist ein guter Maurer
und Zimmermann und schlägt das Häuschen Unehre so nahe
an Nachtbarin Ehre Haus, daß man aus einem Laden in den
andern ungesehn einschlupfen kann — Seh! wie auf einmal
Rosen auf'm Mist grühnen — ein Ringlein an deinem Finger=
lein hat die ganze Sache gedreht ha! ha! ha! Diese Mädels
waren heut Morgend noch lustige Büchsen, Nymphen, die um
Mitternacht heimwatscheln ohne Laterne, so an eines gesunden
Bruders Arm, [116] und nun auf einmal Dame Wohlstand
die mit dem Glockenschlag neune zu Hause erscheinen, damit
sie die Suppe nach angestammten Brauch im Löffel abblaßen
mögen — wie geht das zu? — weis her dein Fingerlein —
guck blinkt doch ein bischen Sternglanz daran — so ein Ring=
lein — so eine Pränumeration — heut zu Tage da alles
pränumerirt, und sich pränumeriren läßt — Pränumeration
— pfuy ein obscenes Jahrhundert! Sie habens von der
Theis und Phrine gelernt —

Eckius. Ist immer gut wenn wir die Mädels nach Hause
schaffen, können wir nachher noch ein bischen herumziehen —
mir ists heut gar nicht uns tretschen —

Herz. Bin alles zufrieden — Liebe Kinder — Ich für

mein Theil freue mich mehr wenn andere sich belustigen.
Das Weib ist mir lieb, aber ein guter Camerad doch noch
lieber — einem schönen Weib zu Lieb, steh ich früh auf, aber
einem guten Freund geh ich tief in die Nacht — nun führt
5 die Mädels nach Haus — fort! und kommt bald wieder!

Kölbel. Aber wie halten wirs mit dem Alten?

Eckius. Ist schon abgeredt — wie's neune schlägt kommt
eine Portechaise, und trägt ihn nach Hause —

Kölbel. So wollen wir voran fort, und die Mädchens
10 derweil eh er kommt nach Hause begleiten — Eckius komm!
[117] Sie haben beide die Mäuler am rechten Orte sitzen,
den Alten wenn sie wollen blind und taub zu schwatzen —

Herz. Dafür sind sie Mädels — wenn ihr Faust be=
gegnet — ich könnt Euch wunderliche Dinge erzählen, was
15 man hier und da von ihm sich in die Ohren raunt; aber
ihr wißt wie's geht; Ammen erzehlen Märchens, Kinder und
Narren glaubens — aber im Grund möcht ichs doch ergründen
— wieder einmal so ganz genießen — ich weiß nicht wies
kommt, die Menschen sind nicht mehr so gesellig und ver=
20 träglich — wenn ich bedenk wie der war, und der Faust —
reiß mir doch hier die Kortel entzwei — der Weiberrock zer=
schneidet mir die Lenden abscheulich —

Eckius. Was sagt man denn vom Faust? du must doch
immer von ihm reden — dein Alles! hat er den Lapis end=
25 lich gefunden an dem du ihm auch suchen halfest? in dieser
Situation könnte er ihm die beste Dienste leisten.

Herz. Ey! daß dich's Wetter! — was Lapis? — Ihr
Hunde zu was ich mich nicht eurentwegen gebrauchen lasse —
Arm und Bein thun mir weh!

30 **Kölbel.** Wieder gut, alter Papa, liebe Mamma? (küßt
ihn) stehst im Toga und blosen Degen da so ehrwürdig, wie
die gemahlte Gerechtigkeit.

[118] **Herz.** Heraus aus der Tonne alter Philosoph! (hängt
den Rock an den Degen) Wart will eine Fahne draus machen,
35 so so — wie's schwebt! — Nu ihr Jungens schwört unter

meine Fahne, will den König Priamus im Puppenspiel vor=
stellen, der sich gegen den Anmarsch der Griechen rüstet und
alle seine funfzig Buben unter Helenens Schürze schwören
läßt — dort droben die himmlische Bartschüssel der zahn=
lückigte, tiefaugigte Mond, an den poetische Narren ihre Verse,
und verliebte Mädchen ihre Seufzer nageln — soll Zeuge seyn.

Eckius. Eine sehr respectable feyerliche Verschwörung.

Herz. Natürlich — aus vollem Halse hergeschrien mit einer
Baßstimme — zum Untergang einer halben dutzend Bouteillen
— seht ihrs, diesen Rock wollen wir zum ewigen Andenken
dieses Tages aufspoliren; meine Wirthin mag schauen wo sie
einen andern herkriegt.

Faust.

He da! Rollen ausgetheilt und mich vergessen, alter Priamus,
wer bin denn ich unter deinen Söhnen?

Herz (ihn umfaßend) Du? — du? — ha! Schelm aller
Schelmen — lieber leibhaftiger Faust — das Glück will uns
wohl, [119] da dichs von ohngefehr so zu uns herschickt —
sag wo bist du geblieben, herum gejakelt, seit acht Tagen?
— Mein Seele! habe nach dir geschmachtet, bin vor lauter
Sehnsucht nach dir gebraten — sie haben dich schön aus=
gesäckelt heut — siehst du jezt bist du wieder einer unsers
gleichen und ich darf dir auch wieder einmal eine Bouteille
vorsetzen — das Canaillen Lumpenpack — der Knellius
der tausend Sack — aber still — hörst wir haben feine Arbeit
gemacht, dort am Brunnen ihn balbirt — meinst du, er will
nicht mit dir disputiren morgen, vors Teufels Gewalt nicht,
aber er muß sonst decken ihm die Studenten s'Haus ab —
muß! ha! ha! ha! — da soll er völlig geplöst werden —
komm Junge! Herzenspuppe! Ajax! Achill! bleib bei uns,
will dir eine Lobrede ziehen von hier bis Pecking, und eine
Furche darneben von lauter bittern Vorwürfen, daß du unser
einem nicht mehr so zugethan, wie vor — der Teufel reit
mich daß ich dich so lieben muß, vor einer Stunde etwa
erfuhr ich's daß man dir auflauert — ein Schelm der einen
ruhigen Augenblick seitdem genossen.

Fauſt. Laß die Narren machen — weiß alles — eure Soldaten ſind doch nur gute Pickenträger, und eure Bürgers gute einfältige, gewerbſame Leutchens — wir haben auch einen guten Genium — drück zu Herz — wer ſagt daß er eine
5 redlichere Fauſt in ſeinen Händen gehalten als ich jezt, der iſt ein Erzlügner.

[120] **Herz.** Geh, du haſt mich behext — tauſend Vorwürfe wollt ich dir machen, und jezt kein einziger — ſieh wie ich da ſteh wie ein herumziehender Bänkelſänger der ſeinen ge=
10 mahlten Fahnen in die Höhe trägt alles deinetwegen; s'ſoll einer kommen — ſoll kommen einer der dir was zu Leids will — ich mit Leib und Seel — du kennſt mich — oder frag die da — fort! fort ihr zwei! jagt nur jezt die Mädels nach Hauſe, ſie können unter die Decke kriechen und
15 von ihren Liebſchaften flüſtern — wir haben was beſſeres heut, muß einmal wieder eins mit unſerm lieben Doktor ſchlampampen — Herzens Jungen wir wollen Victori! und vivat Doktor Fauſt! durch alle Straßen brüllen, daß den übelgeſinnten Hunden darüber die Ohren gellen ſollen — die
20 ganze Univerſität ſteht mir bei — will dir hernach auch die ſchnackiſche Scene mit dem Knellius am Brunnen dort, wie er einer gehezten Katze ähnlich oben droben ſaß und nicht herunter konnt vor beklamiren — ach! das wird dich er= quicken —

25 **Fauſt.** Und heben wie eine Feder in die Luft — aber dismal nicht — ein andermal halt ich mir's vor — guter biederer Herz.

Herz. Dismal nicht? — willt du nicht bleiben?

[121] **Fauſt.** Nein — ich muß — laß mich!

30 **Herz.** Was muſt du?

Fauſt. Grillen — nichts, nichts ſag ich — frag nicht darüber — wer will denn auch alles ſagen, was im Hirn herum geht, da unſere Ideen=Gefühle ſo feſt in einander greifen, daß oft ſchwer hält uns ſelbſt ganz deutlich zu wer=
35 den — Fleiſch und Geiſt würken oft gegeneinander — Geiſt und Gefühl — wie viele Uebergänge werden erfordert bis

diese Heterogena harmonisch sich nahen, und Wollen und Vollbringen das Alpha und Omega menschlicher Erkenntniß und Kraft sich auf einem Punkt fest in einander gleichen — und denn ist es so weit auch nur, wer bürgt uns, daß Kräfte auſser uns gegen unsere Projecten ankämpfend uns des Kranzes am Ziel nicht noch berauben? — laßt mich — habe Dinge hier — dieser Schädel ist ein enger Raum — es giebt Wesen — unsere Sprache reicht nicht zu, alles zu umfaſſen — wenn ein neues Werk hervorgeht, da steht der gaffende Pöbel und wundert, und spricht, und deutet mit den Fingern — eher hat Witz und Genie ein Ding zur Welt gebohren, als die Sprache ein Wort gefunden es zu taufen — warum soll ich den meine Gedanken in Worte Skitziren ehe noch die Möglichkeit der Vollendung mir klar vorm Sinn liegt — oder wenn sie [122] hier zur Reiffe gehen, sie gleichsam mit Worten erst schänden — weg denn — wer nach mir lebt kann sagen der war er — aber ich werde so lange das Blut diese Adern wärmt nicht vor einer grosen That zagen —

Herz. Wie? du kommst ganz aus dem Geleiß Bruder — was willt du damit? —

Fauſt. Es geht in mir alles herum — gut denn — warum ich euch bitten wollt, oder vielmehr, da alle Compli= mente zwischen uns Mißlaute sind, was ich jezt von euch begehre ist in gewiſſer Absicht für euch eine Einladung auf'n Schmauß, ich würde gewiß mich des Vergnügens nicht be= rauben, selbsten dabei Wirthsstelle zu vertretten, würden Dinge die mich nun einmal ganz übermannen nicht so fest halten — Vor einigen Tagen erhielt ein Schreiben, das mir die Ankunft eines wahren Wundermenschen hierher berichtiget, eines Menschen der bei vollkommener unverdorbener Leibes und Seelen Kraft, bei der reinen Simplicität des Patriarchen, beim vollen Gefühl der Natur, bei der Eigenheit und Grad= heit seines Sinnes, kurz bei allem was herrlich und gros ist, doch zugleich Beugsamkeit und Herablaſſung genug besitzet alle Mischungen der Caractere und Temperamenten vom stärksten bis zum schwachen herab würkend zu umfaſſen, Weltkennt=

nisse genug, alle Modificationen verstimmter und herabgewür=
digter [123] Menschheit zu behandlen, der auf alle Stände
ohne Unterschied würkt, dem der Bettler und König nur als
zwei Menschen da stehn, ohne doch darüber das Verhältniß
zu verlieren das nothwendig beide voneinander drängt, dem
der Zerbrecher an der Stirn, der Brechbare auf der Zunge
sitzt, kurz dessen kleinstes Haar an seinem ganzen Leibe ge=
wissermaßen schon bedeutungsvoll ist — der die Menschen
mit seinen tief eindringenden Blicken zittern machte, weilen
alle vor seiner Sonne nackend stünden, wenn nicht Beschei=
denheit und Sanftmuth und Wohlwollen wie ein leiß ge=
falteter Flor sich dreifach umher wölbten, den zu mächtigen
Glanz zu mildern —

Eckius. Wie? dis Monstrum wird hier zu sehen seyn
— — o ho! drei Batzen für meinen Eintritt — das wird
doch über'nweil gar der Kerl nicht seyn, der uns heut auf=
stieß Kölbel? — weist, in den Tolpatschhosen — — wie heißt
er doch?

Faust. Gottesspürhund.

Eckius. Der nämliche, ha! ha! ha! sagt ich's nicht
gleich Kölbel, ein Hans Prätension. Die Mine die er mir
machte da ich nicht gleich vor ihm in Entzücken gerathen
wollt; Bruder Doktor, wie ich da bin, der Länge nach von
Fuß bis zum Kopf stand ich hart an dieser Sonne [124]
ohne in Kalk oder Glas zu schmelzen — — ha! ha! der
also? der? das Wunderthier? die Säule Herkules? der?
der? — wart will ihn quälen, mein Inneres bewafnet sich
so ganz wieder solch einen Lümmel.

Herz. Ueber eines fremden Gesicht, gleich so in Convul=
sionen zu gerathen — was hat er dir gethan?

Eckius. Nichts — das ist mein Todt wenn ich Nasen
seh die in den Wind steigen, und meynen sie röchen alles
allein — so in den Falten der Stirne, in den Blicken der
Augen, in ihrem Tone zu reden, so selbstgefällig und über=
zeugt zu verstehen geben, daß sie's wohl wissen daß sie eigent=
lich grose Kerls sind, s'ist zum rasend werden, so was kann

mich fluchen und schelten machen wie ein Weib — oder im ersten Wurf einen solchen anpacken und abpeitschen machen wie einen kleinen Infimisten — pfuy! pfuy! das ist so mein Labsal solche Bürschgens herunter zu bringen, mein Instinkt treibt mich auf sie los wie den Windhund nach'm Haasen — wart! wart! will ihn zwingen all die Brocken selbst zu schlucken die er andern vorgeschnitten in der Tasche trägt.

Kölbel. Nur auf diesen Punkt, da hat man dich gleich wieder lebendig, wenn du auch wie ein melankolischer Uhu da [125] sitzst — das ist so deine Steckenreuterei; keines andern Uebermacht über dir zu erkennen.

Eckius. Will keinen Jupiter über mir — beim Teufel kein braver Kerl duldet das — was man einem andern zu= lassen mag — das höchste! ebenen Bodens mit uns selbst zu stehn — und da muß mich einer noch wüst drängen, bis ich ja sag — gutwillig jemand als einen Gott über sich er= kennen — kann nur im Grund, ein schwacher Hundsfott —

Kölbel. Nur nicht zornig.

Eckius. So viel dazu gehört eine Schneppen Pastete anzuschneiden — wie, was ist den des Helden seine Bestim= mung! worauf zieht er denn auf Erden aus?

Faust. Eigentlich auf einem Schimmel.

Eckius. Wie? die Beine hüben und drüben überm Sattel wie andere gemeine Erdenklöse — und macht er nicht auch den Apostel? Ich habe mir von einem erzehlen lassen, der zur Veredlung und Vervollkommnung der Menschheit ausritt — gut wir wollen bis morgen ge=[126]nauer wissen, alles was er will und thut — jezt Adies! willt du mit mir Kölbel so helf ich dir die Mädels auch nach Hause patschen — wo nicht, so laß bleiben — Motion muß ich mir jezt machen —

Kölbel. Komm, komm! (ab)

Eckius. Der Seekracke! ha! ha! ha! zum kranklachen! Adies. Faust — (ab)

Faust. Leb wohl alter Bursch — Wer sich am Springen kleiner Fische, im ebenen Teiche, oder am Surren bunter

Fliegen oder sonst so leicht noch ergötzen kann wie glücklich
der ist, wie still und ruhig seine Seele — der Abend lächelt
ihm golden herauf; die bewegte Erlen schwanken ihm aus
braunen Gibeln süßen Hauch; er liegt im Rießeln des
5 Wasserfalls nieder und schläft bis ihn die Stille der Nacht
weckt — froh hüpft ihm's Herz durch die Augen, und durch
jede Mine bringt heitere Freude hervor, wie durch das Antlitz
des Blauhimmels wenns über ruhige Fluthen sich spiegelt —
alles alles schenkt seiner Seele Glück, grühnende Fluren mit
10 weidenden Lämmern besäht, Bach, Hügel und Heiden, die
ganze Natur schließt ihm ihre Vorrathskammer auf, ihn an
den mannigfaltigen Schätzen zu vergnügen — zeigt ihm auch
ihre Seltenheiten, [127] und in eines jeden Menschengesicht
legt sie für ihn besondern Antheil und Vergnügen; und ver=
15 schaft seinem beobachtenden Geist immer neue Nahrung —
Er ist der Sohn des Glücks vollkommen in seinem Daseyn
und Genuß — hingelegt in Wollust an die Brust der Natur
— aber wehe! wer immer den sauren Drang hinaufwärts
fühlt — immer mit den Gedanken droben — immer hinauf
20 kämpfend und streitend mit sich selbst, die schwere Pilgrimm=
schaft dieses Lebens beginnt — Er vergißt wohl ganz die
süße Mutter die aus reinen Brüsten uns Lebenskraft in alle
Adern sprizt; vergißt Mutter Natur mit ihren holdseligen
trauerstillenden Augenblicken; sparsam theilt er sich selbst des
25 Lebens Freuden zu — — und doch — wer ist sein eigener
Schöpfer — oder wenn er einmal so da ist, wer kann sein
Inwendiges umbilden, daß es ihm gehorche, oder ihn nicht
wider Willen dahin reißt — wer darf nicht seyn, was er
einmal ist — wer darf sein eigener Erbarmer seyn — fort
30 denn alle müsige Betrachtung — fort, wenn du die Seele
nur marterst und zweifach elend machst — wenns Schiff
aus Untergangs schwarzem Rachen einmal hängt, was fragt
da der Schiffer — lauf ein und suche dir selbst einen glück=
lichen Hafen.
35   **Herz.** Deine Reden, Faust ich kenne dich nicht mehr.

    Faust. Die Zeiten ändern sich guter Herz, und ändern
alles zugleich mit.

[128] **Herz.** Sollt ich das glauben, du machst mich noch melancolisch, wenn du so fort schwatzest.

Fauſt. Geh nach Haus s'ist rauh — ſitz in dein Zimmerchen bei Taback und Bier; auch dir ſind häusliche Freuden vergönnt. Laß uns andere die im Schrecken erschaffen, auch Schrecken und Wildniß lieben — hörſt! der hohle Wind pfeift über die Dächer her, und trillt die Fahnen, und doch iſts leiſer als die Stimme der Heimlichkeit gegen das was hier verſchloſſen brauſt — Aries —

Herz. Wie? wie? der Verluſt ſeines Vermögens muß ſein Hirn ſo gewaltig angegriffen haben — oder ſind jene Ammen=Mährchen würklich wahr ha! — es iſt einmal nicht richtig hier im Capitolio — ja, ja ſo gehts in dieſem Leben; einer liebt, dem andern gilts gleich — — gut, ich will auch ſo werden; warum ſoll ich denn immer das Meſſer ſeyn, daß allen ihre Bärte glatt macht, und denen ich gedient noch danke daß ſie über die Scharten ſpotten, die ich in ihrem Dienſt mir geholt — Kölbel und Eckius auch fort — nun ſo geht alle mit einander, zieht hin, verlaßt mich alle, der eines Weibes, der ſeiner Luſt, und der ſeiner Grillen wegen; der arme Herz der bald kein Weib, keine Luſt mehr kennt, bleibt gezwungen endlich dann bey den Grillen allein zu Hauſe.

---

[129]   **Izicks Stube.**
                (Eine Ampel brennt)
              Izick, Schummel, Mauſchel.

Izick. Was? was? de Vatter hier? des Fauſt ſein Vatter?

Mauſchel. Hörſt dann nit? jau ankumme is er in die Ochſe, heut vun Sunnewedel; is ag mit geweſe drauße an de Thorn, as ſe fange wölle ſein Sohn — is herum geloſe gewaltig, hot geſchrie mei Sohn! — au way mei Sohn! hätt ihn doch zerückgehalte de Wagner, as er ſunſt angefangen hätt, e gewaltige Spectakel.

Izick. Sei Vatter aus Sunnewedel hier? — das is gut, nu weiter.

Mauschel. As ich gesprochen hätt noch e mol mit de Knellius, aber Bitzegebore, dar liegt uf'm Dockes alleweil, und schwizt vor Angst gewaltig — as er niemand kennt un sieht — haben 'en doch die Studente gemartelt daß e Schand is — so! so dick sei Backe! und sei Ag so dick, — bin ich geloffen ganz allan zu die Rath, auszemachen, as mer jezt dörfe hamlich gefangen nehme de alte Faust, bis er e Hand= schrift von sich stellt, ze bezahle alles, was nit raus kümmt an des Dokters Möbels —

[130] **Izick.** Schmuß weiter — hoft's kriegt? sag! hoft de Erlabniß kriegt?

Mauschel. Ob ich's hab? — s'Lebche is schon fort ze holen die Gerichtsdiener, do, do in de Sack steckts.

Izick. Wie viel hoft bone müsse an de Rath, Mauschel?

Schummel. Nu frag nit drum, as mer gewinne müsse sechs mol so viel — daß er nur nit fort kümmt aus des Dokters Haus, der Wagner hott en dort hingeführt.

Izick. In des Dokters Haus? au way! wie viel hast bone müsse an de Rath Mauschel vor di Erlabniß?

Mauschel. Nu krieg de Tippel un de Dalles! drey helle Karlincher gleich — wann mer habe die Handschrift vun de Faust sei Vatter, noch drey.

Izick. Au way! drey Karlincher, un noch drey — sechs Karlincher zesamme — au way — wann kummt s'Lebche? au way! sechs Karlincher bi Erlabniß.

[131] **Mauschel.** Halt's Bonum — ward er doch gesetzt in die Tollhaus als e tolle Mann, kost uns oser ka Kreuzer, bis er unterschreibt; do im Sack hab ich's so — sag Schummel sag, was wölle mer giebe de Knellius zum Präsent — hott er doch vor uns gethan was mer gewöllt — muß mer sich doch halte mit de Schotche, s'laft überall in die grose Herre= häuser zu die Kammermenscher un Kammerdiener überall, überall — e manches ze verschachere uf sei Wort, e manche Bekanntschaft — machts so klane Comediespiel, vor die ganz klane Kinder, un das hilft 'em voran, un Geld in de Sack

derzu; as er mer abkaft hett in em halb Järche fünf Klatcher gebort und ungebort, daß er sich oser puzt so stolz drin, hinne un forne wie e Kapaun.

Schummel. Giebe wölle mer'm die zwa neue porzlinene Leuchter — sei vornehm! e Graf könnt se habe — nu das werd em gefalle, möcht ers doch ag gern habe wie die grose Herrn.

Mauschel. Wie du manst Schummel! — was is Jzick?

Jzick. Au way! au way! au way!

[132] **Schummel.** Jzick wo fehlts? an de Nabel? an de Bauch? — knöpt uf! Memme! Memme! nu! krieg die Krenk red!

Jzick. Au way! — Schummel! Mauschel! au way! — as ich noch gerechnet in di Gedanke — manst was ich verlier an de ganze Handel! au way! fünf, siebe, zwölf Dukate, zwölf, grad zwölf — wo bleibt dann s'Lebche? au way! zwölf Sunne helle ungeranftelte Cremnitzer Dukate, die ich de Mosler Spitzbube gegiebe — au way! das verfluchte Lebche wo's bleibt das Schwätzerge — kriegs de Tippel in sei wacklich Bonum, as er nur beibrächt de Strick un Fang — Memme die Thür garrt, guck, guck, Memme! au way! ufgesperrt drauße de Hausgang wie 'e Maul! wer kimmt? — krieg di Mise Majchinne! wer is to? s'Lebche! Gott behüt! s'Lebche — mit de Strick un de Fang, kummt! kummt! die Memme führt se schon nüber in die anner Stub.

Fausts Haus.
(Ein Zimmer, Caminfeuer, der alte Faust sizt daran, und schüttelt den Sand aus den Schuhen.)

Alter Faust. Meine Füße ganz wund!

[133] **Wagner** (am Tisch, worauf Essen steht.)

Er will nichts essen — mir ists auch nicht drum — was mich der alte Mann dauert! — Ich will den Dokter beobachten — ich muß hinter diese schreckliche Wahrheit kommen. Ists wahr, daß er heimlich auf solchen schwarzen Wegen wandelt?

Ein Verständniß mit denen zu knüpfen an die man nicht ohne
Schrecken denket, von denen man nicht spricht, ohne vorher
sich mit den Waffen des Gebets zu schützen? — ja! so will
ich mein Herz auch losreissen von ihm — und — aber ach!
5 und er sollte dahin — diese schöne Sonne, die die halbe
Welt erleuchtet, mitten so in ihrem Glorie Lauf versinken,
auf ewig versinken! — Faust! Faust! auf ewig! — nein
es kann nicht wahr seyn — ach meine Seele! die Gebeine
zittern mir — wenns möglich wär? alles scheint in diesem
10 Gedanken um mich her zu weinen — o unseliger Gedanke,
wer ists der dich zur Welt brachte? — deine Mutter ist
scheußlich wie die Hölle, denn du gleichst ihren Kindern —
Stolz und Ehrgeitz du hast Engel gestürzt die Zierden des
Himmels, wie leicht ist dirs Menschen zu fällen! — — Nein!
15 nein ich will nicht weiter daran gedenken! — wie? wollt ihr
denn gar nichts genießen Vatter?

Faust's Vatter. Nein! — wo mein Sohn nur so lang
bleibt — glaubst du daß er heut noch kommt? —

[134] **Wagner.** O ja!

20 **Fausts Vatter.** Zehn Uhr ist schon vorbei — Seine
Mutter, wenn sie gesehen was ich heut sah, sie läg schon
auf'm Stroh — Wie, ist dir nicht wohl? —

Wagner. Erstaunliche Hitze! ich meyne das Hirn falle
mir zum Haupt raus.

25 **Fausts Vatter.** Vielleicht hast du Schlaf, und strengst
dich zum Wachen an — geh, geh du bist müde, die Augen
fallen dir zu — zu Bette lieber Junge, die Jugend liebt
den Schlaf — geh, leg dich nur.

Wagner. Ach nein! nein!

30 **Fausts Vatter.** O! der Gram läßt mich nie einsam —
geh Kind! quäl dich nicht so, thu mir den Gefallen und
leg dich zu Bette — bis nach Mitternacht will ich hier am
Feuer sitzen, und kommt mein Sohn bis dahin nicht, so komm
ich zu dir, mich auch niederzulegen —

35 [135] **Wagner.** Ach ich bitt' euch, — horcht wer klopft
draußen? — drunten an der Thüre? — er kommt! —

Fauſts Vatter. Sieh geschwind nach, ach! daß er jezt
käme! meine Worte ſollten ihm Dolche werden, die ihm durch
alle Gebeine drängen — Heiliger Gott! das iſt er, ich kenn
ihn an der Stimme — gib meiner Zunge jezt Kraft und
Gewalt Herr! — rühre ſein hartes Herz daß meine Thränen
es erweichen — da iſt er —
(Fauſt auf ſeinen Vatter los, ſtarrt ihn an, und lauft wild ab)

Fauſts Vatter. Johann mein Sohn — ich bin dein guter
Vatter, flieh nicht vor mir — Wagner! Wagner!

Wagner. Geduld — er hat euch vermuthlich nicht gekannt;
der Zuſtand in dem er ſich jezt befindet, treibt ſeine Lebens=
geiſter alle in Empörung — Wartet, will zu ihm und mit
ihm ſprechen.

Fauſts Vatter. Sieh nach — ſag ihm das ich da bin —
(Wagner ab)

Ha! wie brummt mirs durch die Ohren — nein ich will
nicht warten, warum ſoll ich den warten? — ja, [136] wenn
er mich nicht gekannt! — was? wie? er ſollt mich nicht
mehr kennen? nein ich will nicht länger hier warten.

Fauſts Kabinet.
Fauſt, Wagner.

Wagner. Warum wollt ihr ihn denn nicht ſprechen?

Fauſt. Iſts mein Vatter?

Wagner. Er ſelbſt.

Fauſt. Was macht er hier? was will er denn jezt hier?
— Es iſt mir ohnmöglich jezt — kann, darf ihn jezt nicht
ſprechen —

Wagner. Es iſt ohnmöglich?

Fauſt. Geh! geh!

Wagner. Was winkt ihr? — was ſoll ich?

[137] **Fauſt.** Hörſt — hier dieſe Halskette, dieſen Ring mehr
hab ich nicht; da nimms — er wird vielleicht nach dem Erb=
theil fragen, vermuthlich haben ihn meine Verwandten per=

suadirt — sag ihm das sey indessen — sag ihm das sey alles was ich noch besitze — hörst du? halt! — muß sich denn alles zusammendrängen mich zu peinigen! — hörst sag ihm was du willt, nur mach daß er geschwind wieder meine
5 Wohnung verläßt.

Wagner. Doktor!

Faust. Bei Allem! — wie? — willt du mich mit deinen Thränen ängstigen? — denkst du das? — ich will mich von euch los machen; wenn ihr mich nicht meiden wollt, will ich
10 bald diese Wohnung selbst verlassen.

Wagner. Ha! und den Fluch mit nehmen der schon über euers Vatterslippen schwellt? — Andere Kinder gehen mit Freuden ihren Eltern entgegen, und ihr — Doktor! Doktor! hier kommt euer Vatter selbst.

15 **Faust.** Hinaus von mir! — fort! fort sag ich dir.

(Wagner ab)

[138] **Fausts Vatter.** Johann willt du mich nicht sehn? — willt du mich nicht sehn? —

20 **Faust.** Vatter!

Fausts Vatter. Bin ichs? — bin ich dein Vatter? ich dacht ich müßt es nicht seyn — schau mich mal an — ha! des kindlichen Willkomms! er hat mir das Herz ganz erquicket! wird einem gleich wieder wohl zu Muthe, wenn man
25 vom lieben Sohn so empfangen wird, (greift ihm an die Brust) Bube! Bube! schämst dich meiner? schämst du dich deines alten Vatters vielleicht? wer bistu? wer bistu? wer? wer? gleich sag mir jezt, was du treibst? was du für höllisch Leben führst? lieber gleich dir Hund auf's Dippen eins, als
30 daß du mir noch übler werden sollt — aus diesem verfluchten Leben, will dich so herausreissen! (Reißt ihn vor sich) so aus diesem Greuel Leben —

Faust. Vatter! — alt und schwach! — laßt mich! — ihr vermögts nicht! — (packt, und sezt ihn auf'n Stuhl)

35 [139] **Fausts Vatter.** Ja, alt und schwach — aber ich kenn

einen der statt meiner Kraft hatt — — o! Johann! Johann! verlohrnes unglückliches Kind! —

Fauſt. Was that ich? — hab ich mich an meinem Vatter vergriffen, — o nein! — Vatter hab ich euch Leids gethan? —

Fauſts Vatter. Leyds? — ja lieber Johann, und tief im Herzen dazu —

Fauſt. O Vatter! wie bin ich unglücklich — ich weiß ja nicht was ich gethan — über mir ſchwebt Nacht und Finſterniß und benebelt all meine Sinnen! gewiß ich weiß nicht —

Fauſts Vatter. Ey ja! das glaub ich, es geht mir auch oft ſo — wie bin ich ſo matt! — nur ein bischen Waſſer zu trinken! — Gott! hör nur zu, obs nicht ein Jammer iſt, liebes Kind!

Fauſt. Was denn?

Fauſts Vatter. Vor einiger Zeit, lag ſo Nachts traurig im Bette, dacht eben an dich, und deine grauſame Veränderung, [140] wie's nun uns von andern zu Ohren kam — wie du lebſt, und mich und deine Mutter ſo ganz vergeſſen, und wie dirs noch weiter auf Erden ergehen möcht — ſieh mein Sohn, da kamſt du mir im Traume für, daß ich dich ganz eigentlich erkennen konnt — ſah dich lieben Sohn am vollen freudigen Tiſch, weggedrehet dein Geſicht von mir und den deinen, in die Arme einer ſchenßlichen Buhlerin geſchloſſen, die goß ein, — hielt dir, hielt dir einen Becher voll Blut an die Lippen, — trankſt! ach! und ſahſt nicht, wie Teufel unter deinen Füßen den Boden aushöhlten, zum ſchrecklichen Falle! — o mein Sohn! nun ſankſt du! — ſankſt! hört dich hinunter! — wollt dir zurufen! aber meine Zunge war gebunden, mein Odem war zu ſchwach! Ach da zerriß innere Quaal meine Eingeweide! — Jammer! — ich lag auf meinem Munde, ſtöhnte laut die Mutter wach! die fiel auch ſchreiend über mich aus, mich zu bedecken, mit ihren alten zitternden Händen — auch ſie ſah im Traume dein Verderben — ſah

dich's Messer zücken auf meine nackte Seite, auseinander zu
reißen mein Fleisch, mir's Herz aus'm Leibe zu wühlen, —
voll Angst Schweiß hielten uns so umschlossen, und ach
Gott! ach Gott! sahn dich noch wachend, mit zerstäubten
5 Haaren, über uns weggerissen im Donnerschlag, und hörten
weiter nichts als in die Ferne, deine klägliche Stimme!

[141] **Faust.** Nein! sey Stahl mein Herz! und lasse nicht
weibische Empfindungen ein — — sey stark, und halte dich
— verfluchtes Menschenlooß!

10 **Fausts Vatter.** Da macht ich mich auf mit Trähnen,
dich zu suchen — es kamen eben zu gleicher Zeit auch Briefe
von unbekannter Hand geschrieben, die alles bekräftigten was
ich sonst Böses gehört — mein Sohn! mein Sohn! laß ab!
— bedenke die Ewigkeit!

15 (Gelächter hinter der Bühne)

Faust. Ha! wie ist mir? — hör ich die wieder?

Fausts Vatter. Ewig! wie lange, lange, lange, das währt!

(Ein Gelärm)

Faust.

20 Holla! holla! ich hör euch kommen,
Hab schon eure Stimm vernommen.

Alle (hinter der Scene)

Mach fort! mach fort!
Wir rathen dirs!

25 **Faust.**

Wohl! wohl! um Mitternacht!

[142] **Stimme.**

Wir rathen dirs, halt Wort!

Faust. Verlaßt mich Vatter — es ist schon spät, bin
30 müde — — morgen sehn wir uns wieder — morgen, morgen,
wollen wir miteinander sprechen, dann will ich auch nach
meiner Mutter fragen — bitt Euch — laßt mich jezt allein,
bitt Euch —

Fausts Vatter. Gerne, wenn dirs ein Gefallen ist —
35 ach Johann bist du's noch, so gib mir deine Hand drauf.

Willt du noch mein lieber Sohn bleiben? so geb mir deine
Hand drauf — wie? du reichst sie nicht?
(Faust giebt die Hand)
Gott sieht zu, wie du einschlägst!
(Gelerm hinter der Bühne)
Stimme.
Mach fort! mach fort!
Was thust du Narr?
Faust.
Was thu ich? ha!
Geschrey.
Erzittre tief! wir halten
dich beim Wort.

[143] **Fausts Vatter.** Meyneid fällt schwer auf deine Seele
— wo du das Wort brichst — gute Nacht Kind! Gott sey
bei dir, bis morgen.
(Vatter ab, Faust fällt in den Lehnstuhl)
Alle Teufel.
Ha! ha! ha! wir haben ihn,
bald kommt die Mitternacht!

Faust (auffspringend) Was habe ich versprochen? — pah!
— ich will mich noch losreissen von allem in der Welt —
Weibische Thränen! wie bin ich so ganz zum grosen Kerl
verdorben! — Vatter! — (knirscht) ich sollt meinen ganzen
gelegten Plan wieder umstoßen — jede Idee, die Hoffnung
darüber gebohren, genähret und darauf gegründet — wieder
der Niedrigkeit entgegen kriechen, vor derem bettlerischen
Anhauch ich erst die Nase gedreht? — Demüthigung, Casteyen,
Entsagen und Glauben auf dieser Welt; mit Muscheln be=
hangen oder in der Kutte; hier nothdürftig allem entsagen,
dort hin üppig zu hoffen — mir schwindelt's Hirn — ha!
warum hat meine Seele den unersättlichen Hunger den nie
zu erstillenden Durst nach Können und Vollbringen, Wissen
und Würken, Hoheit und Ehre — das mächtige Gefühl das
mich aus diesem Gedränge von Niedrigkeit immer und immer
hinauf ruft — und ich sollt mich mit diesen bellenden Be=

gierden die gleich lästigen Anverwand= [144] ten an mir hangen, und mein Leben aussaugen, mich zu tode schleppen? kriechen und immer kriechen in stinkender Niedrigkeit ohne Erfüllungs= hoffnung der lächzenden Seele? — unbemerkt in dieser
5 grosen Woge des Lebens verauschen? — hinweg! tausend Centner schwere Last — hab ichs beschworen dich zu tragen? —
(Ein teuflisch Hohngelächter)
Ha! Geister hören meinen Vorsaz und lachen darüber! weg alles! — mein Entschluß ist unumstößlich gefaßt —
10 gewählt! — seys wohl oder übel! — was willt Wagner?
Wagner.
Euch eine gute Nacht sagen, und dann auch zu Bette gehen — habt ihr noch Licht? —
Faust. Lieber Junge — nein laß uns heute nicht mit
15 einander schwätzen — geh zu meinem Vatter hinein — es müssen noch gute Zeiten für uns kommen, Bruder — oder schlimme, oder wie's kommt — Wie viel Uhr ists Junge?
Wagner. Eilf vorbei.
Faust. Hab morgen eine Disputation vor; gute Nacht
20 sag meinem Vatter ich ließ ihm angenehme Ruhe wünschen —
[145] **Wagner.** Gute Nacht denn!
Faust. Wie viel Uhr sagst du?
Wagner. Es geht auf Mitternacht.
Faust. Mitternacht! — (geht hinten auf und ab)
25 **Wagner.** Will ihn beobachten — Auf seiner Stirne steht seine ganze That — zu reden, hilft bei ihm nichts, wenn irgend ein Affekt sich seiner Sinne bemeistert — aber ich will mit meiner Wachsamkeit seine geheimnißvolle Einsamkeit unterbrechen, und ihm unthunlich machen, was er im Sinne
30 hat. (ab)
Faust. Wilde zauberische Grotte der Nacht, an deren Eingang bräunliche Fantasien irren — — jezt bin ich zum Ausgang gefaßt — jezt will ich (ans Fenster) — Dunkle blutige Wolken laufen am Himmel herauf — wie's stürmt
35 — wolan! — ha! was sind denn das für Gestalten um

mich her? — wie? Mutter! Vatter! — ha! s'ist nur ein
Traum, wie alles unter der Sonne — Mitternachts=[146]
stunde du kriechst herbei — bang und hofnungsvoll du mir
jezt bist — wie sehnlich ich mich diesem Ziel genaht, und
doch werd ich vielleicht bei der Ausführung zittern — Laß
bleiben Faust, oder zag nicht länger! allmälich und allmälich
schleicht der Zeiger heran — fort! fort! draußen auf dem
Kreuzwege den Unholden segnen, draußen im finster brüllen=
den Walde, wo hingebannte Geister irren, und ihre Klage=
töne ins Geschrei der nächtlichen Eulen mischen, dort! dort!
wo ich festen Muth fassen muß — wolan! laßt gehen andere
Menschen ihren Alltags=Gang — Faust bricht sich durch Hülfe
dieses Stabs, Ceremonien die zu nichts dienen als mich fester
an die Hölle zu knüpfen, eine neue Bahn. (ab)

Nacht. Straße vor Panzers Wohnung.
Kölbel mit Musikanten auf einer Seite — auf der andern
Strick und Fang.

Kölbel. Still, still — dort stehn sie glaub ich, und
lauren auf uns.

Strick. Komm, mach fort — wir wollen ums Haus herum=
schleichen, und zusehn ob wir den Alten herausholen können.

Fang. A! was — du wirst nicht ruhen können, bis
wir noch einmal so tief ins Unglück gerathen —

[147] **Strick.** Memme! — Lauskerl! — komm!

Fang. Du bringst mich noch an Galgen.

Strick. Wie, bist du närrisch?

Fang. Geh, die Biersiedersfrau, die wir auch so weg=
genommen Nachts, und ins Tollhaus als eine Unsinnige ge=
bracht, damit der Mann eine andere heurathen könne — es
graußt mir noch in allen Gliedern, wenn ich daran gedenke
— das Geld zehlt der Teufel, das wir dabei verdient —

Strick. Du bist nicht werth mein Camerad zu seyn —
komm nur!

(ab beide)

Kölbel. Dacht's wär Herz und Eckius; hab mich von ihnen geschlichen, meinem Liebchen ein Ständchen zu bringen — das Hexen Mädel! bin ganz weg — ganz caput — alle meine Wünsche und Gedanken laufen ihr nach — ihre zwei blaue Augen — so schmachtend und doch so schelmisch — bettlen in der erst und hernach lachen wenn sie's haben — — Ihr Herrn, wer kuckt dort oben am Fenster? — mein Engel! —

[148] **Erster Musikant.** Mich däuchts nicht — ein Blumenkorb.

Zweiter Musikant. Nein 's ist ein Bund Inschlittlichter die am Fenster hangen, um in der Luft zu trocknen —

Kölbel. Gib mir die Laute, wenn meine Arie fertig ist, so fall der ganze Chor mit den Instrumenten drein — so was recht zärtlich melancolisches, was ihr zur Hand habt — 's Wetter ist ungemein rauh, aber will's schon sonst wieder einbringen meine Herren —

Alle. Ah! Herr Kölbel, wir laufen Ihnen durch ein Feuer.

Kölbel (mit der Laute)

Leucht' doch, leucht' doch sanft hernieder,
holder Mond im Wolken Lauf!
Süße, süße Liebeslieder,
steigen meinem Mädchen auf.
Wie dein Licht die Dämmrung bricht,
lacht ihr holdes Angesicht!

Chor.

Stunden! ach Stunden! wie seyd ihr verschwunden,
Freude der Jugend im seligen Flug!
[149] Seelen an Seelen in Liebe gebunden,
Liebe der Liebe im himmlischen Zug!
Sterne verglimmen und Rosen verblühn,
Jugend und Schönheit den Wangen entfliehn,
Brennet ihr Seufzer an brünstigen Wangen,
Zaubert Elysiums=Leben zurück!
Lippen die lächzende Lippen verlangen,
Funken an Funken im ewigen Blick.

Sterbende Augen des Trostes entziehn
Heilige Lippen im Beten auch glühn.
Liebe entgangen den himmlischen Thoren,
Schönste der Götter reizend und hold!
Erd und Fluthen, Weisse und Mohren
Bindest an Ketten im seligsten Sold.
Küsse von dir kanns Glück nicht vergelten.
Wer dich besitzt, den reizen nicht Welten.

Gretchen (oben am Fenster)

Schön Dank! schön Dank! kenn' den Geber am Geschenk.

Kölbel (zu den Musikanten) Gute Nacht, meine Herrn! hab ein Wörtchen da allein zu sprechen; gute Nacht! morgen sehn wir uns wieder.

Alle. Wir stehn ihnen immer zu Diensten. (ab)

Kölbel. Gretchen — reizender, lieber Engel! — daß ich droben bei dir in deinen Armen wär.

[150] **Gretchen.** Still! meine Schwester hör ich — mein Onkel hustet — kommen sie in die Straße ans andere Fenster, will ihnen noch weiter sagen.

Kölbel. Gerne Liebchen! (ab)

Wagner.

Ha! mir doch entgangen — ich will ihm nach, dicht auf der Spur — Faust! wohin du dich mir verbirgst, sollen meine Tritte dich verfolgen — sollen meine Thränen, meine Beschwörungen dich hemmen in deinem schrecklichen Vorsatz — —

(Schlägt zwölf auf'm Münster)

Ha! Mitternacht — die Stunde der Gemeinschaft der Hölle mit unserer Oberwelt — es läuten sie an grauenvolle Geister, die in Gräbern mit der Verwesung, um morsche Gebeine gekämpft, und in feuchter Nacht sich jezt im gehemmten Sternglanz baden — Geiz und Betrug und Mord finden hier ihre gräßliche Strafe, und müssen ihre eigene Schande verkündigend umherziehen — bis irgend ein mitleidig Geschöpf sie erlößt — — und ach! zu denen gesellt

du dich? Faust! und fliehest Menschen die dich lieben — —
Wie hohl der Schlag vom gewölbten Münster herunter tönt!
Wie die Stimme der ernsten Ewigkeit! ach! wenn einst die
Seele aufwandelt über die Sternebahn — tausend ewige
5 Zungen ihm entgegen frolocken! und dann wohl ihm, und
[151] wehe! ewig wehe! dem der da verlohren geht — wer
ists? —

Nachtwächter.
Puh! puh! windicht und regnigt —
10 **Wagner.** Der Wächter — ha! wo werd ich ihn finden? (ab)
Nachtwächter. Puh! eine wüste Nacht — (Stellt die
Laterne nieder und bläßt) Hört ihr Herren laßt euch sagen 2c. 2c.
Will jezt eine Pfeiffe anzünden — wer räuspert sich dort?
— gute Nacht! gute Nacht! (ab)

15 **Dunkler Wald. Kreuzweg.**
(Man hört noch in der Ferne den Glockenschlag von zwölf.)
Faust.
Allein steh ich nun auf diesem Kreuzwege, dem Sitze
nächtlicher Zauberei! — Mitternacht ist's, und alle gute
20 Geschöpfe ruhen — Steigen aus Gräbern und Richtplätzen
verdammte Geister hervor, die Luft zu durchwandern, wo
ihre verworfene Leiber modern — wie brütende Eulen
über ihrem Neste, sitzen die — bewahren den Ort wo ihr
Schädel hängt — und ich mach mich bereit — der Mond
25 kriecht in den Busen der Nacht [152] als wollt er nicht an=
sehen was hier unter ihm vorgeht — nun zu solch höllischem
Beginnen rechte Zeit — was plaudere ich lang, suche mit
selbst ausgeheckter Furcht, mir meine Unternehmung zu er=
schweren — wolan denn, ihr Teufel! — Bewohner der
30 ewigen Finsterniß (zieht einen Kreis) weil alles in dieser Welt
unterm Joch von Formalitäten liegt, hört jezt mich und
meinen Gruß — Wenn ihr Liebhaber von irrdischen Ge=
richten seyd, will hier was auftischen, daß euren Fraß reizen
soll, von Wolfsleber, Fledermäußherzen, dem Kamm eines

schwarzen nächtlichen Hahns, Moley, Raute, gepflückt und gebrochen in unglücklicher Stunde; dis alles unter höllischen Flüchen geweiht und zusammengekocht — und mit diesem Stab schlag ich hier nieder in Sand einen Kreis, beschwör euch herauf mit Worten die zu schauderhaft sind, als daß sie die noch zu stille Nacht höre — aber denke, ihr seyd Teufel besserer Art; kommt wenn man euch ruft, denn ihr fühlt daß ich mit euch reden muß — Wolan! steig jezt in diesen gebannten Zirkel, sicher vor euch und der Hölle — — aber wer hemmt meinen Fuß, stockt mirs Blut unterm Herzen — wie eines Riesen mächtiger Arm liegt's über mir und drängt ab — eine Stimme schmettert durch alle Gebeine, thu's nicht! — — vergebens! ich will, muß — (tritt ein, man hört ein Gerassel in der Luft, die Erde thrönt) Herauf! herauf! ihr des Unterreichs Geister (donnert und blizt) herauf Lichthasser! die ihr auf schwarzen Thronen sitzet, in ewiger Finsterniß eure Flüche verheult! — herauf! Faust be=[153] schwört euch bei der züchtigenden Sonne — ha! (fürchterlich Geheul, Blitz und Donner) Zermalmet mich, überlaßt mich nur nicht länger dieser Angst — über und unter mir; und müßt doch herauf! — durch die kreisende Erde, schmerzlich wimmert die Mutter euch gebährend — verflucht! verflucht ihr alle! herauf! laß euch jezt nicht los, müßt, müßt mir gehorchen! (schrecklich Geheul, und Sturm) erscheint lieber wie ihr seyd, als daß ihr länger so fürchterlich mich euch ahnden laßt — herauf! und ihr müßt! müßt! unter meine Flüche, mag die Natur ins Chaos darüber hinsinken! aus ihrer Mutter hervorspritzen unzeitige Welten — Planeten zerschellen, zerbrechen der Ordnung Stab, drehen der Dinge Lauf — Gräber Menschen gebähren, und Mutterleiber sich eher ver= schlingen, das Sterne Gewölb zusammen krachen, die Achse verdrehn, und alles im grausen Ruin zusammenstürzen — herauf! beschwör euch bei dem Namen der die Veste der Höllen gegründet, beschwör euch bei meiner unsterblichen Seele. (Donner und Blitz, sieben Teufel strecken die halbe Leiber zur Erde hervor)

Geworfen die Erde, fürchterlich ihre Brut — wie sie

empor wachsen, mich mit ihren Blicken halten — Will reden
mit ihnen ob auch drüber meine Seele stürbe.

Alle.
Was rufst und reist durch Erd und Brand,
5 bietst Seel und Leib zum Unterpfand?
[154] Das Fleisch wie Heu — mehrt Sünde sich
Die Zeit verfleucht, wir hoffen dich,
was willt du?

Fauſt. Ha!

10 **Alle.** Dein Begehren?

Fauſt. Sie fragen mich?

Alle. Sag an —

Fauſt. Der geschwätzigen Lügner, die da sagen, auch in unsern feinsten Gedanken schlich er um — soll ich mit
15 plumper Zunge erzehlen? — wolan denn! such — such einen Diener.

Alle. Will dir dienen. (Steigen hervor)

Fauſt. Du? und du? und du? — und doch nur einer allein.

20 **Alle.** Wähl dir.

[155] **Fauſt.** Gut. Wenn ich nicht umsonst das übernahm was andere zu erzehlen schon schaudern macht — nicht umsonst meine Seele zum Pfand gesezt — wolan! so laßt mich euch kennen lernen, zu sehen welcher von euch der mir ge-
25 legenſte ist — aber zuvor sagt, bin ich hier sicher?

Alle.
Schau! schau!
wag dich aus deinem Zirkel nicht.
Der Hölle trau,
30 Uns Teufel nicht;
Uns rufst und reißt durch Erd und Brand
biethst Seel und Leib zum Unterpfand.
Das Fleisch wie Heu — mehrt Sünde sich
die Zeit entfleucht, wir hoffen dich.
35 Ju heya!

Faust. Wie heißt du?

Erster Teufel. Curballo

Faust. Deine Kraft?

Curballo. Schnelligkeit.

[156] **Faust.** Sag an!

Curballo. So schwarz ich bin, gleich doch an Geschwindigkeit dem Lichtstrahl, der millionenmal schneller schießt, als der Pfeil vom Bogen.

Faust. Ha!

Curballo. Wer mir traut, den führ ich in der zehnten Hälfte eines Augenblicks neunmal durch's menschliche Leben.

Faust. Das deine Kraft? — fahr hin in die Winde lüftiger Geist! zu langsam, und schnell mir — das Aug und Ohr, diese Sinne sind nicht nach deinem Dienst gebildet. Immer schnell, was ist das? — den Schneckengang den unser Herz in süßer Befriedigung und Stillung heget — Wünscht man nicht oft die Flügel der Zeit zu stutzen? Wie oft möcht man durch's Leben bei süßen Augenblicken rufen, da Capo — laß mich — und sage du —

Zweiter Teufel. Curballos Bruder — die Hölle nennt mich Sünde — Geschwindigkeit ist auch meine Kraft.

[157] **Faust.** So liegt die Hälfte deiner Geschwindigkeit ausser dir — dich spannt das strenge Gesez, wir Menschen geben dir Flügel — wie, wenn in uns solche Triebe zum Guten, wie zum Bösen lebten, was für ein langsamer Teufel du wärst — Sophisterei gegen einen Sophisten — scheinst zu seyn was du nicht bist. — Pack dich!

Dritter Teufel. Mir mir Faust! ich bin dein Diener —

Faust. Wer bist du?

Dritter Teufel. Mogol — bin's der den Staub zusammen bläßt, den ihr Menschen Gold nennt.

Faust. Bist's ders Blut im Weltpuls zirkelt, Gold Herr! und König dieser Erden.

Mogol. Trage den Schlüssel zu allen verborgenen

Schätzen der Erde, und des Meeres, schlafe wo die Perle
rinnt; wo der Smaragd in tiefen Schachten blüht ist meine
Ruhstätte — alles ist mein —

[158] **Fauſt.** Und wie wenn ich dich nähme? — gut, wärſt
mir am liebſten noch von euch dreien — wer dich hat iſt
geſchwind und weiſe und die Sünde ist auch seine treue Ge=
hülfin — du faſſeſt dieſe beide in dir — doch laß ſehn was
andere vermögen — wer biſt du?

Cacall. Der Wolluſtteufel — mein ſind die Begierden
der Wolluſt, buhl in Kirchen und auf Straßen — koch
Liebestränke und Kraftſuppen, und helfe ſchwachen Gliedern
zum ſündigen Vermögen auf — komm ſey mein, verſpreche
dir Wolluſt und Freude!

Fauſt. Fort mit dir! ſind marklos meine Gebeine —
gewelkt mein Haar — mein Aug erloſchen, zu ſtumpf dem
Sternenblick — daß du mir zutrauſt mich deiner Waden=
loſigkeit zu verpfänden — gehe, dir kanns nicht fehlen in
dieſem Jahrhundert; was brauchſt du einen der dir deine
Kunſt verdirbt — denn das ist grade Wolluſt rafinirt Cento
pro Cento, je nüchterner und mäßiger man genießt; rentirt
der Qualität, was der Quantität entgeht — mit kräftiger
Vollendung das erwürkt, was andere nur pro forma quæstio=
niren — weiß eine Provinz, wo dein Tempel ſteht — wo
man alles pro forma liebt; füll deine Büchſen und reiſe
hin, laß dir durch Kupplerinnen Wege zeigen — wirſt an=
kommen — wenn der Alte ſeine junge heiße Gattin nicht
befriedigen kann, [159] ſein eigenes Fleiſch ſeinen Willen höhnt
und ihn ſo an die Proſtitution ſeines behenden Nachbars ver=
räth — reich ihm noch einmal deinen Becher, daß ihm von
Kraft ahndet, und er im ſündigen Schattengenuß nur tiefer
zur Hölle fahre.

Alle. Ha! ha! ha!

Fauſt. Wenn vorm Beichtſtuhl die Büßerin kniet ihre
begangene Sünden zu beichten, und ſie beſinnet ſich im Herzen
anders, alſo daß ihr Rückfall ahndet, nah' hinzu und blaſe
die Worte vor ihres Paters Ohr weg, damit ſie keine Ver=

gebung erhalte — fort mit dir — einen männlichern Teufel vor uns —

Pferdtoll. Nimm mich, den Verderber! — wo ich aufblick, die Elementen wimmern — Ruin stürzt nach meinem Pfad — vor meinem Anhauch fliehen die Gestirne, — erbleichet der feuchte Bär — schlag auf im Zorn das Meer übern Mond, und fülle die Erde in Finsterniß und Jammer.

Faust. Hinweg Chaos! im Wirbel der Hölle verschlossen, verheul deine Stimme zum jüngsten Tag — wenn die grose Trompete dir zum Ruin ruft, schwinge dich auf dann, unter brennenden Welten, und schaue vor Freude umher.

[160] **Sechster Teufel.** Nimm mich —

Faust. Wer bist du?

Sechster Teufel. Einer der dich liebt, und in der Vollbringung deiner Wünsche an Wärme und Geschwindigkeit keinen seines gleichen hat —

Faust. Kennst du denn alle meine Wünsche?

Sechster Teufel. Und lasse sie in der Vollbringung weit hinter mir.

Faust. Wie wenn ich nun hinauf verlangte, und du trügst mich auf den äußersten Stern — auf des äußersten Stern's Decke unter der er hinlief — bring ich auch nicht zugleich immer ein menschliches Herz mit, das in seinen üppigen Wünschen immer noch neunmal deinen Flug übersteigt? Lern von mir, daß ein Mensch mehr begehrt als Gott und Teufel geben kann — Wenns um deine Geschwindigkeit nicht beßer aussieht? sag an —

Sechster Teufel. Steh ich auf der Hölle äusserster Angel, mich aufschwingend, kaum daß mein Fuß los zückt in die Luft, [161] halt ich im nemlichen Stoß schon in meinen Händen den Ring der den Unterhimmel hoch oben an des Allschaffers Thron fest hält.

Faust. In allem geschwind wäre nichts — das dacht ich schon — aber im Fluge, wo taumelnd die Seele über Welten wegsetzt, ist die Geschwindigkeit noch neben ihr

langsam — wollte dich herum treiben, du würdest nie mein
Meister.

Sechster Teufel. Beweg deinen Stab schnell herum, daß
die äußerste Spitze dir ein beständig Rad bilde — sieh!
5 solch ein Rad schlag ich durch die ganze Schöpfung, überall
sichtbar, hörbar, gegenwärtig —

Fauſt. Und du, bleibt dir noch was übrig nach diesem? —

Siebenter Teufel. Blick in mein Aug, was siehst du
darinnen? — eine neue Schöpfung, bisher dir alles fremd
10 — wo deine Sonne dir aufsteigt und niedersinkt findest nichts
desgleichen — denn ich schließ in meinem Blicke wie in einen
Reif die Welt — alle sind Abstrahlen der Kraft, einer
tiefer vor dem andern, und mir geht niemand vor, als mein
Meister.

15 **Alle.** Mephistopheles unser Herr!

[162] **Fauſt.** Warum bewegt ihr euch so?

Alle.

Der Meister kommt! der Meister kommt!
Er steigt herauf! steigt herauf!
20 Die schwarze Pforte thut sich auf!

(Sie sinken)

Wir scheiden jezt durch Erd und Brand,
bieth Seel und Leib zum Unterpfand.
bieth auf! bieth ab! bieth her! und hin!
25 Verlohren hast doch beim Gewinn!
hurra! (alle ab)

Fauſt (niedersinkend im Schlummer) Wie ist mir? — so
dunkel — so allein! — oh!

Mephiſtopheles.

30 Schlummre! schlummre! — bald überwältigt, bald ganz
mein! — wer sich uns naht der ist schon gebunden. Jezt
sollen die Bilder die über dir aufgehen völlig deine Sinne
befesseln, dich ausrüsten zum schwarzen Bund mit mir —
so bring ich dich hinab und stell dich vor Lucifers dunklen
35 Thron. — Laß mich dich einschlürfen Luft, noch ein

Weilchen wo meine Hoffnung grühnt — Luft, die die goldene Strahlen der Sonne durchspielet, die mich vermeiden — unerkannt dem Lichte, strahl ich meine eigene Nacht von mir aus; denn wo ich weile hat der Ewige düstre Nacht um mich hergewälzt — Auf denn! auf Mephistopheles! erfülle was du dir so lang [163] entwarfst — jezt ist die Zeit, jezt — laß sie nicht vorbeistreichen, oder ewig verlohren ist sie, ewig unwiederbringlich verlohren! wird niemalen der Augenblick wieder zurückkommen den Odem der Liebe dir theilte — Auf! auf! führ aus den süßen Wunsch — ein Geschöpf habhaft zu werden nach deiner Neigung, anzuschließen an dein Herz mit diamantnen Ketten — zu dunkel! zu dunkel alles drunten! muß mir was aus der Oberwelt hinabgreifen — Ach! süßer Gedanke! und doch — wehe! wehe! mich durchschneidt's siebenfach wie des Rächers Schwerd — dann! dann! wenn ich ganz Teufel, wieder selbst verstöhren muß, was ich jezt aufgebaut, gezüchtigt bin, das mit Lust zu quälen was ich so liebe! — — will nicht daran gedenken ehe die Wonne-Minuten dahin sind — Los! Los! deiner Bangigkeit Busen! — unglücklich Geschöpf das mit der Hölle in Gemeinschaft tritt! es macht sein Herz zur Mördergrube und vertauschet Freuden um Jammer — — Wer beklagt unser einen wenn die Ewigkeit um uns her die nie veraltete Schwinge schüttelt — und uns ihre nie auszuleerende Vorrathskammer von Elend zeigt? — wenn die Gewölbe von Angst über uns einstürzen, dringt da ein einzig mitleidiger trostbringender Seufzer aus den Trümmern in unser Ohr? — Komm Stunde bald! — Stunde die mir ein Wesen versichert — denn verschloßene Liebe ist doch meine Pein — — Wollauf du! schlaf und träume dich voll — verträume dich und schenke dein bestes Kleinod, schenke deine Seele mir!

Situation

aus

Fausts Leben.

Vom

Mahler Müller.

Mannheim
bey Schwan, Kuhrfürstl. Hofbuchhändler.
1776.

An

Shakespears Geist.

[5] # Situation aus Fausts Leben.

Eine düstere Höle.

Hinten durch blickt man in schwarze Tiefe. Satan, Pfertoll fahren zu beiden Seiten herein; hernach Moloch.

Pfertoll. Schatten! Schatten! — vermaledeites Licht! (verbirgt sich ins Dunkle.)

[6] **Satan.** Verderben! — Siehst dort Grabgeister zittern?.. Ho! ho! ich saug' an ihrer Angst ... Was hastu verrichtet?

Pfertoll. Hab Städte verbrannt. — Hab' noch was gethan. — Der Mond hat mich verjagt.

Satan. Ho! ho!

Pfertoll. Hab' hinabgezogen ein Schiff; der Strudel ergrifs. — Hab einer Mutter den Strick gelangt ihr Kind zu erdroßeln! — Der Mond hat mich verjagt. — Wo bleibt der Zaudrer Mephistophiles?

Moloch (tritt auf.) Ein neuer Sammelplatz!

Satan, Pfertoll. Willkommen Bruder! Woher?

[7] **Moloch.** Aus Syrien — Syrien, mein ehemals so süßer Aufenthalt. Ein Weilgen saß ich dort auf Libanons Felsstirne, hauchte die Pest in das Land. — Sengende Mittagswinde ergriff ich, trieb sie, bis wo der Mohr im Sonnenstral kniet, wenn er abgöttisch das dunkle Haupt zum hellern Schatten abbückt und wollüstige Gelübde mir weiht. — Im Opferrauch stand ich dort — ha! ersah meinen Vortheil bei der Nacht — Ich wälzte den Sultan im Bette; er heulte,

zerrte ein scheußlich Gesicht; — da fuhr ich ihm ins Haar;
er sprang auf, schwur beim Schwerd mir Frieden zu brechen,
Mord und Verderben — Aber stille! Wo sind wir? Welche
Kluft? (herumschnaubend) Wittre Blut — Todtenschädel und
5 Gebein daherum — Was für ein Ort?

[8] **Satan.** Velledas Zauberhöle; merkstus? dort unterm
Felstrümmer schläft ihr prophetisch Gebein.

Moloch. Geopfert, geopfert ward hier!

Satan. Geronnen Blut am Fels dort — Säuglingsblut,
10 abgeschlachtet von Mutterhänden — erwürgter, der Hölle ge=
weihter Jünglinge Blut. — — — Nickstu? ha!

Moloch. (auffahrend.) O Syrien! mein Syrien! (umher=
schnaufend) Angenehme Gruft! — Teufel, daß ich hier
schlummren könnte!

15 **Pfertoll.** Mephistophiles! Wehe! der Mond, der Mond
reißt sich hervor.

Moloch. Laß ihn! o laß Pfertoll! herabschimmern mir
— zurückführen mir, wie Traum — [9] jene süße Bilder der
Angst — Ströme — jene warme Ströme, die hier geraucht
20 und fielen — — — hingesunken an diesen Fels — (sinkt
entzückt nieder. Pfertoll fährt auf, schreit.)

Pfertoll. Verderben dir zu! — — Mondsstrahl mich
trift — — — für was deinen Riesenleib Höllischer? Halt
zu, ich erblinde — — Verwünscht der Zaubrer Mephisto=
25 philes! Donner in sein Mark! Angst auf sein Herz! —
Hält er uns auf, daß wir hinabfahren — Hinab zur dunklen
Wohnung.

Satan. Hier ist er!

(**Mephistophiles** tritt auf.)

30 **Pfertoll.** Wo bleibst du heunt mit deinem —
Wollt die Zeit ein ganz Geschlecht ausgetilgt haben — Mutter
und Kind — du —

Mephistophiles. Wo ich dich erwische und dich zum Will=
kommen schleudre, daß du neun Jahre [10] fällst! — Niedriger,
35 nach Staub lechzender Sclave, der nichts als verstören kan,

was höhere Teufel vorher verführt. — Giebstu keinen Unter=
schied Seelen und Seelen (tritt in die Mitte) jenen königlichen
Seelen, gebildt, ausgeschmückt als Lieblinge dessen, der uns
niedertyrannisirt? — Senk ein Gebirg ins Meer — was
drauf sitzt und lebt — eine Welt Pöbelseelen wiegt so eine
einzige nicht auf, geschaffen, aus Myriaden ausgewählt, Seraph
oder Teufel zu werden — da kostts Schweis zu gewinnen,
und du Fühlloser achtests gering. — He! leichter würdest du
in einer Sandwüste neunzig Jahre lang das Gebeth eines
Büssers bekämpfen, als nur eine einzige Minute die Laune
solch eines Geistes. — Wie hab' ich gearbeitet bisher —
Satan! Moloch! Teufel! die Hälfte meiner Zeit ist um. —
O! daß ichs sage, daß ichs sage! derjenige, der mich wie
ein Knecht gedingt, wie seinen Sclaven treibt, mich, mich her=
[11] unterwürdigt unter seinen Gehorsam, der Staub —
sank ich nicht, da ichs sagte? — Aber Geduld, bis auch meine
Zeit kömmt — Höret! o höret! —

Alle. Wir hören.

Mephistophiles. Um zwölfe diese Nacht, und zwölf müh=
same Jahre sind vorüber — Ihm ankündigen muß ichs; ihm
ankündigen, so heischts unser Vertrag, und aufsagen könnt'
er mir dann. — Aber fürchtet nichts! O! ehe kann der
droben unsers Jammers gedenken, gedenken der glühenden
Zähre, die unsere zerfallene Wangen zerfrißt — solls duften
um uns eher, und unter meiner brennenden Fersen blühn —
eh' ich auch nur ein einziges Haar von ihm losgebe. —
Nicht entrinnen, nicht entrinnen soll er aus meiner Hand.
Seine Schwachheit, Fleisch und Blut, alles hab ich in Sold;
Begier= [12] den, Willen, und Empfinden. Noch liegt er sorg=
los am spanischen Hofe, trunken von Ehrbegierde und wahn=
witziger Liebe zu Arragoniens schönster Königin, — träumt
sich glücklich — glücklich seit dem Umgange mit mir! Ha!
fester will ich mich an ihn knüpfen. Nun! nun! wenn ichs
ihm ankündige, ihn erhasche mitten im stolzen Fluge der Ehre,
der Freude, und ihn niederschmettre, daß seine Adern girren
und vor Angst ihms Rückenbein knackt. — Streitet gleich

unsichtbar ein Mächtiger auf mich; — dennoch halt' ich,
werfe meine Kette dichter, die er ewig, ewig nicht lösen soll.
— Scheiden auch Meer und Welt uns aus einander, ich
zieh' ihn herüber zu mir — bis ich rufe: Aus meine Zeit!
5 — Zur Sense! zur Sense! die Ernd' ist da — daß ich
anklopf' und im Fackeltanz hinabführe meinen Bräutigam. —
Frohlocken! Jubel über uns, wenn wir aufblicken zum Himmel,
sehen niederweinen zur gedämpften [13] Harfe die Engel —
ha! dann, dann! vergrößert gehen wir einher — Brauf' auf
10 Sturm, zersplittr' und schlag süß in mein Ohr, wie das
Geheul eines sterbenden Sünders!

Pferdoll. Fort! fort! hinab!

Satan. (schaudernd.) Hinab! — ha! grauenvoll, verzehrend
— hinab! — Und doch hat der, der uns strafen wollte,
15 Hang und Lust in uns gelegt, daß wir uns sehnen hinab,
jeder in seine traurige Behausung. —

Moloch. Hinab! — Verzweiflung ergreift mich, daß ich
soll, daß ich muß —

Pferdoll. (zitternd.) Prahler, als wenn nicht jeder seine
20 Hölle mit herumtrüge!

[14] **Moloch.** (heulend.) Sind wir nicht die Verführer und die
Zuchtmeister und gepeinigte Sclaven!

Satan. Verruchter!

Mephistophiles. (zuckend.) Ich zerschmettr' ich zerreiße dich.
25 **Moloch.** In die Winde, in die Donner! Teufel!

(Sie fallen wild in einander, verwandlen sich und sinken. Geheul
über ihnen.)

Verwandelt sich in einen Sal im königl. Schloß zu Madrit,
vergüldt, prächtig erleucht; — in der Ferne Musik. Vorne auf einer
30 Seite eine mit Wein und Speisen besetzte Tafel. **Junker Fritz**
daran; **Faust** stehend auf der andern Seite.

Fritzel. (gähnend.) Niemand um mich herum — Mein
Seel, sitz hier wie einer der den Bogen zu [15] seiner Geigen
verloren und klimpert. — der Schurk von einem Doktor!

Mich mit in Spanien zu schleppen, und mir nicht einmal einen Affen zur Gesellschaft zu lassen. — Wart! — mein Six. Dort kömmt er ja selbst, sieht er nicht aus, Gott sey bei mir, als hätten ihn Hexen geritten. — Faust!

Faust. (vor sich.) Weg Bedenklichkeit! — Bin ich nicht mehr als ein König? — O! Sie, auf die ein ganzer Himmel voll Liebreiz geregnet, Arragoniens falbe Königin allein, allein an dis Herz; und ich wollt mit ihr hoch; wollt' im stolzen Schwunge die niedere Erde zurückstoßen und rufen, du bist mir zu klein — — — — Ha! Sie besitzen — Sie! — Sie allein! — Ich will ihr allen meinen Reichthum zeigen, meine Schätze, will mich vor ihr stellen in meiner Macht — Schau ich nicht auf — wer bläßt seinen Athem höher? — Wer mir gleich an Pracht [16] auf diesem pralenden Rund? — — bin ich nicht Patron? über Fortunens Rad setz' ich lächelnd weg und dreh' es nach meinem Gefallen!

Fritzel. Verdammte Monolog! — Alles pur Hochmuth, Vanität und Eitelkeit, was er da alles unter einander raisonirt? — — — Hier, hier sticks ihm, im Cerebello. — Ein König in Diminutivo; ein kleiner Sire — der Königin von Arragonien Pantoffelflicker möcht' er gerne seyn. — Aber wart' will dirs weisen; ich will dir deine Herrlichkeit legen! — — — Mich so auf die Freierei zu führen — Mich in der Keuschheit meines Herzens zu narriren — Verdammter Nigromantikus! Hörstu?

Faust. (vor sich.) Wenns ist, daß sie mich liebt — — — Mord! wenns nicht wäre — — — närrische, gierige Lust — — — Was dann? [17] die Angst quetscht mirs Herz, daß mirs Wasser über die Augen spritzt. — — — Es darf nicht seyn — — Nein! —

Fritzel. Wie hörst denn nicht? — Verfluchter Kerl! Bocksbeindrechsler! — Wie bist du taub? — Muß mir die Lunge abkeichen — — Hier in der Seite — O! im Milz — Hab keinen fermen Odem — ein kleiner Familien-Anhang — so was aus meiner alten Nobilität, das, wärs meiner Mutter gelegen gewesen, mir ein andrer ohne Helm und Creuz hätte besser machen können — Eine ehrliche Haut mein Vater; er starb an der Auszehrung — bin weiter kein Meisterstück — aber Non omnia possumus omnes — Faust.

Faust. (immer in Gedanken.) Und doch — ich will ihr die
5 Hand drücken beim Tanzen; ihrs offenbaren — Ihre weiche, weiche Hand — Sie solls [18] empfinden — Zurück banger Zweifel! — Spring auf fröhlichs Herz und ergieb dich den süßesten Freuden! — — Wie stehts Alter?

Fritzel. Potz! bist du einmal erwacht?

10 **Faust.** Bravo! — Wie, alter Bursch, gefällt dir dis jovialische Leben bald? — Die Pracht, mit der du bedient wirst, he? — Freuden, die gleich nickenden Fräuleins um dich hertaumeln und von einem Genusse zum andern dich am Ohr zupfen. — — — Die Mütze herunter! Schluck Harmonie! —
15 Laß dein Herz sich auf Rosen wälzen, wenns noch sanfter Bewegung fähig ist. — Aufm Absatz herum, Freund, und genieße ganz die Gloria mundi!

Fritzel. O vanitas über vanitas! Wenns ewig währte, närrscher verwegner Doktor —

20 [19] **Faust.** Fy! Alter, deine Worte riechen nach Pöbel. Wen nenntest du da?

Fritzel. Vanitas, das Töchterlein mit geschminkten Ohren, langen Falten und einem Kragen von brabantischen Spitzen.

Faust. Wohl — daß ihr ein Mohr die Schleppe trage;
25 oder, wenn du lieber wilt, rosenfarbne Plümage an ihrer Kappe; Perlen ums Knie, auf dem ein wohlstaffirter Falk flattert. — Laßt sie so anspringen, auf einem getiegerten Barb, sie findet überall Quartier. — Sag, was hältstu von diesen zweien?

Fritzel. Welchen?

30 **Faust.** Einem jungfräulichen Todten=Kopf zwei Knochen im Rachen und einem Dutzend [20] kalter Moralen auf einem Credenzteller. Memento mori! alter Moralist, bis der Stopfer aus der Bouteille springt, dann — nichts mehr da= von — unter uns, die Strickerin Delila war doch ein treflich
35 Stück von Oekonomie.

Fritzel. Willt du mich foppen, he? bin ich dein Narr?

Fauſt. Perfectibilitas mundi, ſie verſtand ihr Amt beſſer, als einer der Sillogiſmen dreht. Sie ſpann von Simſons Wirbel ſich ein Fiſchernetz, das ſie wie eine Geldtaſche nachher am Gürtel trug — Nicht wahr, ehrlicher Traſibolus unſere Doctores Juris könnten profitiren — Ihre Geſundheit! (ſchenkt ein.)

Fritzel. Ein herrlich Sinnbild, Simſons nackten Schädel für einen der auf Freiersfüßen geht, wie ich. Ha! ha! ha! Recht! recte [21] habes! (vor ſich.) doch ſchade vor den Spitzbuben, wenn ihn der Teufel holen ſoll. Muß ihm einmal recht ans Herz predigen. — Wenn er einen nur nicht ſo übern Haufen rennte, in ſeinem Humor heißt das, zu Boden plauderte. — Hab ſonſt eine trefliche Gabe, eine Ueberredungsmine, ciceroniſch, unbegreiflich certe! So was, das einem die Natur mitgiebt. Mein kleiner Bruder und meine alte Grosmutter haben michs oft verſichert. — Ecce cariſſime — biſtu bald fertig, mein ſüß Herz?

Fauſt. Meine Taube.

Fritzel. Ein freundlich Wort, Schatz.

Fauſt. So viel du wilſt. —

Fritzel. Ein klug Wort.

Fauſt. So viel du weißt —

[22] **Fritzel.** Gut — will nicht lang Athem ſchöpfen Sprünge zu machen, oder meine Lunge an einen Schwall von geſchickten Ausdrücken, Gleichniſſen, Diſtinctionen & cetera abarbeiten. — Ihr ſeht, bin nüchtern, bei ziemlichen Sinnen — Ihr wollt luſtig leben, Fauſt. — Gut! gut! — aber was ſoll aus dem allen werden Kind! — der Teufel wird dich über kurz oder lang holen, nicht wahr? Und wie ſtehts denn mit eurer armen Seele, Herr Magnificenz?

Fauſt. Der Orion dreht ſich, und Polar küßt ihn die Ferſen — Zahnſtocher.

Fritzel. Wie? was?

Fauſt. Schweinigel predigſt wieder Moral. — Gelt dich

braucht er nicht zu holen. Führst ihm von selbst in Rachen
hinein.

[23] **Fritzel.** Ich? ich dem Teufel in Rachen fahren? Was?
Etwa weil ich lustig bin scilicet in Ehren; dann und wann
ein Wörtchen schwöre und dergleichen; gern hübscher Dirnen
Wänglein zwicke per occasion; in Compagnie kein voll Glas
vor mir sehen kan, & cetera — Horch, es ärgert mich so
schon, daß ich wie ein Narr mit dir herumziehe; daheim Haus
und Hof, Küch und Keller und alles im Stich lasse. — Was
brauch ich deine Uzereien, Foppen und all die Lumperei
dazu. — Wenn ich Kinder mache, brauchstu sie wohl zu er=
nähren? Was? — Ist das permittirt, führt mich da über
Stock und Stiel mit in Spanien hinein, ohne mein Consenz
— so im Camisol, ohne Hirschfänger, ohne Perüke; — mich
den die Natur so lang fabricirt, daß ich mich Schande halber
krum biege und daher trete, wie ein Hungerprediger, kein
Aufsehen zu erregen; — und wenn ich mich [24] von ohn=
gesehr ausstrecke, dann in meiner hagern knochichten Majestät
perfect dastehe, wie der Riese Goliat, den ein Schulknabe
mit Kreide an eine Gartenthür hingekritzelt. — O dieser
Lümmel! meine Fidelität so zu misbrauchen.

Faust. Guck, dein Glas ist ja voll.

Fritzel. Setz den Organisten an einen Weberstuhl und
frag den. — Bin grad wie geknebelt, wenn ich allein saufen
soll; es glitscht nicht; eine Bestialität, der nichts zu ver=
gleichen. — Wollt lieber allein fechten, Trommelschlagen,
meinem kleinen Finger ein Mährchen erzählen, kurz alle Dinge,
die sich am besten in Gesellschaft thun lassen lieber allein
thun, als so hinter einer Humpe gepflanzt, ohne Profit und
proficiat. — Hundsfüttisch so was von dir. —

[25] **Faust.** Trompeten und Pauken! —

Fritzel. Kind, was soll das bedeuten? Guck, das ist
gewiß wegen dir. — Ei, da kommt ja der König.

Faust. Und sie, die die Welt an ihre Blicke knüpft,
Arragoniens Göttin dort — — Ihr lächlender Mund — —
Ha! wenn ein Teufel mich zur Hölle rufen wolte, so sey es

mit ihren Lippen. — Voran Herr Graf, küßt den Fräuleins die Hände. —

Fritzel. Ohne Complimente, nur voran. — Wie ein Schiff ohne Flaggen und Wimpel segl' ich hinten drein. — Ein Scandal, der Teufels Kerl mich in der Dünne meines Brustlatzes vor die Nase ihrer spanischen Majestät zu stellen. — Ich muß mich nur bücken — sie starren all' auf mich, wie auf ein Meerwunder.

[26] (Der König, seine Braut, Königin von Arragonien, Herzoge, Grafen, Ministers, Hofdamen zu den Vorigen. Der Tanz beginnt im Hintergrunde.)

König. Nein, Fama, die sonst so weitmäulicht manche Kleinigkeit durch die Welt lermt ist in Ansehung des Wunders eurer erstaunlichen Geschicklichkeit und Macht stumm. — Seyd noch einmal von Herzen willkommen in unserm Pallast. — Verwundert gestehn wir, daß alles, was heute eure Geschicklichkeit uns sehen ließ, im unerwarteten, so tief alle menschliche Ausdrücke unten läßt, als das Höchste das Niedrigste. Glücklich schätzen wir uns, daß ihr eure erhabene Person, eine Zeitlang unserer Gesellschaft leihen wollen, dis unser Beylager zum solennesten, das je ein Prinz gefeiert, zu erheben.

[27] **Faust.** Vergebung, mein gebietender Herr. — Belohnung genug, daß ich im Stande gewesen, eine so hohe Aufmerksamkeit nur eine Minute lang zu unterhalten.

König. Wir danken euch, und unsern guten Willen nicht blos in leere Worte zu verathmen, denn darin wär uns jeder Bettler gleich, so haben wir auf Anrathen unserer geliebtesten Braut und königlichen Schwester hier, alles hervorgesucht und was wir als Menschen-König dem Könige der Geister Schönes darzustellen im Stande waren, um uns versammelt. — Lachende Maskeraden, Mädcher mit funkelnden Wangen, die erst über Amors Köcher stolpernd sich im Frühling der Liebe fühlen, deren schwellende Reize nach Luft schnappen, wie halb entknospete Rosen, die lüstern den grünen Flohr aus einander sprengen, satter sich dem jungen Phöbus

entge= [28] gen zu werfen. — — Hört ihrs, Schwester von
Arragonien, füllt unserem Gast den Schmaragd, aus dem
nur Könige zu Königen trinken.

(Arragonien füllt.)

5 **Fauſt.** (vor ſich.) O! nun flieg ich — Noch einen Stooß
und ich bin am Gipfel.

König. Und wenn ihr ausgetrunken, ſo verſchmähet nicht,
dieſe Schale zu euch zu ſtecken. So wie man oft ein ge=
meines Steinchen, das beſondere Flecken oder Sprünge hat,
10 aufhebt und behält, ſo laßt meine Liebe zu euch eine Marke
von Werth an dieſer Kleinigkeit ſeyn. Erinnert euch immer
der Freundſchaft eines armen Königs dabei, der nichts im
Vermögen hatte, das würdig genug geweſen wäre, einen
ſolchen Gaſt zu verehren.

15 **Arragonien.** Ich bitt' euch mein Herr, koſtet dieſen Wein.
[29] **Fauſt.** O Himmel! aus ihrer Hand!

König. Ihr lächelt, da ihrs nehmet, und gedenkt eurer Schätze.

Fauſt. Und doch alles geringe — Auf eure und eurer
ſchönen Gemahlin Geſundheit! — Auf eurer königlichen
20 Schweſter Geſundheit, Sie, die Perle dieſer Schöpfung. Ich
hab' euch vieles gezeigt; aber nichts, das dieſer ſeltenen
Schönheit gleich kommt — Aus welchem Geſtirn ſchlug die
entbrannte Natur den ſchönen Funken, der von ihren Augen
niederblitzt, Seelen entflammt und ſchmilzt. — Geſtehts, wenn
25 ich die Crone des perlenreichen Orients auf den goldenen
Schos Occidents hinlegte — — — Staub an ihrer Seite!

Arragonien. Beſchämt mich nicht; ihr hebt mich in
meinem geringen Werthe zu hoch und laßt [30] mich um ſo
viel tiefer auf meine Unwürdigkeit herabſchauen.

30 **Fauſt.** Nein, nein! Königin — kein Unrecht aus dieſer
Lippe, und die mohrſchwarze Mitternacht müßt eh erröthen,
eh ihr ſo ſanften Reizungen Gewalt anthut. — Ich ſchwörs
euch vor dieſem glänzenden Cirkel, woraus Euer ſchönes
Selbſt wie ein makelloſer Brillant hervorſtrahlt — bei der
35 ſüßen Zauberei die Herzen an Herzen und Zepter an Hirten=

stäbe hängt, und wenn ihr wollt, bei der fürchterlichen Gewalt, die Geister an meinen Willen schlägt, und immer im ängstlichen Erwarten hält, schwör ich —

(Mephistophiles erscheint: schlägt auf Fausts Schulter.)

Mephistophiles. Faust!

[31] **Faust.** Was willstu hier? — Hinweg — Eure Gesundheit englische Prinzessin. — oh!

Mephistophiles. Halt ein! —

Faust. Verderben! Laß mich!

Mephistophiles. Höre! (die Glocke schlägt.) Faust, die Hälfte deiner Zeit ist um.

(Faust stellt die Schale nieder.)

Mephistophiles. Diese Minute hält, wie gleiche Wage den Nachen deines Lebens mitten im Strohm der Zeit. — Noch klingts — (die Uhr schlägt aus) klangs — nun ists vorüber; vorüber zwölf gräulvolle Jahre im Laster durchschwelgt. — Hinterwärts sinken sie auf deine Rechnung und du drehest dich nun jenem andern Ufer [32] zu, wo ich nach zwölf Jahren deiner erwarte.

Faust. Ha! ich will dirs nicht vergessen — Wehe! warum thust du mir das?

Mephistophiles. Weistu unsern Vertrag? Ich will dir an jenem Tage kein Vorwand geben, daß du ungewarnt zur Hölle fährst.

Faust. Du drohst noch?

Mephistophiles. Wer ist dein Knecht?

Faust. Sclave —

Mephistophiles. Rühre dich nicht, wo du nicht Staub seyn wilst — Ich will dich durchs ungebahnte Chaos reissen, daß stieben soll in [33] die Winde, in die Wetter dein Gebein — und denn mit glühender Geißel jeden Staub wieder zusammen jagen, bis aufs neu unter meinen Hieben sich der harmvolle niedre Schurke bildt, der hier zu meinen Füßen kriecht.

Faust. Noch bin ich mein — Kann dir entrinnen — ich entsage dir.

Mephistophiles. Wär' mirs um deine Seele! Ein Athemzug! An dem Hauch des letzten Röchlens wollt ich dich noch fassen, wärs auch mitten im Wege zum Himmel — aber so entvölkert ist unsere Hölle noch nicht — — Geh, krieche, verdien' es ein Sclave zu seyn, Prahler, wir verachten dich. (zieht den Contract hervor.) Faust, unsichtbar den Augen aller dieser sprech' ich mit dir — Wolan, nimm diesen Quark, (reicht ihme das Blatt; Faust greift darnach.) Ich lache bei=[34]ner; aber in dem Augenblick als du's mit der Spitze eines Fingers berührest, sey wieder was du warest, der herabgebückte, elende, hungrende Bettler, wie ich dich vor zwölf Jahren mit zerrissenen filzigten Kleide, vom Elend zusammengeschrumpft, vor der Schwelle eines Klosters auflas, und ich will dann — eine spashafte Belohnung vor zwölf Jahre Dienst — dich so erniedrigen, so eckelnd tief, daß die Bediente dieses Pallastes dich wie einen räudigen Hund mit dem Absatz zurückstoßen und deine stolze geliebte Königin hier mit weggedrehtem Haupte auf deinen lumpichten Mantel dir ein Almosen zu= werfen soll. — Komm, nimm!

Faust. (fährt zurück.) Millionen Qual und Elend auf dich, verrätherischer, giftiger Lügner!

Mephistophiles. Nimm, sag ich dir — Ha! ha!

[35] **Faust.** Ich will nicht —

Mephistophiles. (auf ihn zu.) Zweimal verdammt, oder nimm! wählstu?

Faust. Wehe! unglückselig wer mit Teufeln spielt (schlägt die Hände übern Kopf zusammen, geht weinend ab.)

Mephistophiles. (ihm nachblickend.) Dich hab' ich gekannt! Ha! ha! ha! Solt' ich den Pfeil nicht zersplittern, der mich verwundt? — Wer hat Mitleid mit uns. — Erlöschet Sterne, oder mir, daß ich mich aufschwinge im sterbenden Glanz. Dann, wann ich überm Höllegejauchze schwebend mich herunter stürze mit ihm — — und das ist wieder ein Punkt; und so setzen wir Punkt an Punkt, und ruhen aus, daß uns die Ewigkeit nicht zu lang werde.